김유정, 김동인
단편소설 10선

김유정, 김동인 단편소설 10선

발행일 2021년 2월 3일

지은이 김유정, 김동인
펴낸이 손형국
펴낸곳 (주)북랩
편집인 선일영 편집 정두철, 윤성아, 배진용, 이예지
디자인 이현수, 한수희, 김민하, 김윤주, 허지혜 제작 박기성, 황동현, 구성우, 권태련
마케팅 김회란, 박진관
출판등록 2004. 12. 1(제2012-000051호)
주소 서울특별시 금천구 가산디지털 1로 168, 우림라이온스밸리 B동 B113~114호, C동 B101호
홈페이지 www.book.co.kr
전화번호 (02)2026-5777 팩스 (02)2026-5747

ISBN 979-11-6539-615-2 03810 (종이책) 979-11-6539-616-9 05810 (전자책)

수능국어
단골 지문!

국어교사가 추천하는

김유정 김동인

단편소설 10선

편집부 엮음

일제강점기 한국문학을 이끌었던 김유정과 김동인

김유정은 가난했던 시대 인간군상들의 페이소스를 담은 해학으로
김동인은 예술로서의 소설이 갖는 미학과 감동으로

혹독한 식민시대의 민초들에게 위로를 주었던
두 거장의 필독 10선!

북랩book Lab

들어가며

김유정과 김동인은 일제강점기 한국 현대문학을 이끌었던 두 거장이다. 가난했던 시대 인간군상들의 페이소스를 담은 해학으로, 예술로서의 소설이 갖는 미학과 감동으로 혹독한 식민시대의 민초들에게 위로를 주었다.

자기의 불우한 삶을 문학으로 승화시킨 김유정은 일제강점기의 암울한 현실 속에서 가난과 부조리에 맞서는 인간군상들의 모습을 '웃프게' 그려내며 특유의 해학적 필치를 완성했다.

김유정의 소설에는 지주(地主)와 소작농의 갈등, 임대인과 세입자의 갈등이 단골 소재로 등장한다. 이 시대 대한민국의 사회 문제도 이와 크게 다르지 않다. 나날이 커지는 빈부격차, 그리고 '젠트리피케이션'으로 일컬어지는 임대료 문제 등으로 '조물주 위에 건물주'라는 자조 섞인 농담까지 등장한 시대다. 이런 사회 문제와 관련한 수능국어 지문으로 반드시 등장할 필독 5선을 엮었다.

이광수로 대표되는 교훈 위주의 계몽주의 문학에 반기를 들고 철저하게 예술을 위한 문학에 매달렸던 김동인, 오늘날의 한국문학은 전부 그에게 빚을 지고 있다 해도 과언이 아니다.

운명의 힘을 거역할 수 없는 인간 본연의 비애와 한, 예술 창작의 고뇌와 미(美)에 대한 광기, 자신의 약함을 깨닫고 절망하다 결국엔 삶을 사랑하게 되는 다양한 인물들까지, 김동인이 어떻게 시대와 갈등하고 타협했는지를 엿볼 수 있는 필독 5선을 엮었다.

2021년 2월
편집부

일러두기

※ 본 단편선집은 공유저작물로 그 작품을 집필하신 저자의 숭고한 의지를 받들어 최대한 원전을 유지하였다.
※ 오기가 확실하거나 현대의 맞춤법에 의거하여 원전의 내용 이해에 문제가 없을 정도의 선에서만 교정하였다.
※ 이 책은 현대의 표기법에 맞춰서 읽기 편하게 띄어쓰기를 하였다.
※ 이 책은 원문을 대부분 살려서 옛글의 맛과 작가의 개성을 느끼도록 글투의 영향이 없는 단어만 현대식 표기법을 따랐다.
※ 한자가 많이 들어간 글의 경우는 의미 전달이 어려운 경우에 한해서 한글 뒤에 한자를 병기하여 그 뜻을 정확히 했다.
※ 이 책은 낙장 혹은 원전의 글씨 판독 불가 등 엮은이가 알아볼 수 없는 경우에는 굳이 추정하여 쓰지 않고 원전의 내용을 그대로 살렸다.
※ 중학생 수준의 독자가 이해하기 어려운 단어, 어휘에 대해서는 본문 밑에 일일이 각주를 달아 가독성을 높였다.

목차

김유정

단편선

김유정 단편선

동백꽃

동백꽃

오늘도 또 우리 수탉이 막 쫓기었다. 내가 점심을 먹고 나무를 하러 갈 양으로 나올 때이었다. 산으로 올라서려니까 등 뒤에서 푸르득 푸드득, 하고 닭의 횃소리가 야단이다. 깜짝 놀라서 고개를 돌려보니 아니나다르랴, 두 놈이 또 얼리었다.[1] 점순네 수탉(은 대강이가 크고 똑 오소리같이 실팍하게[2] 생긴 놈)이 덩저리[3] 작은 우리 수탉을 함부로 해내는 것이다. 그것도 그냥 해내는 것이 아니라 푸드득 하고 면두[4]를 쪼고 물러섰다가 좀 사이를 두고 또 푸드득 하고 모가지를 쪼았다. 이렇게 멋을 부려 가며 여지없이 닦아 놓는다. 그러면 이 못생긴 것은 쪼일 적마다 주둥이로 땅을 받으며 그 비명이 킥, 킥 할 뿐이다. 물론 미처 아물지도 않은 면두를 또 쪼이어 붉은 선혈은 뚝뚝 떨어진다. 이걸 가만히 내려다보자니 내 대강이가 터져서 피가 흐르는 것 같이 두 눈에서 불이 번쩍 난다. 대뜸 지게막대기를 메고

1) 얼리다: 어울리게 하다.
2) 실팍하다: 사람이나 물건 따위가 보기에 매우 실하다.
3) 덩저리: '몸집(몸의 부피)'을 낮잡아 이르는 말.
4) 면두: '볏(닭이나 새 따위의 이마 위에 세로로 붙은 살 조각)'의 방언(강원, 경기).

달려들어 점순네 닭을 후려칠까 하다가 생각을 고쳐먹고 헛매질로 떼어만 놓았다.

이번에도 점순이가 쌈을 붙여 놨을 것이다. 바짝바짝 내 기를 올리느라고 그랬음에 틀림없을 것이다. 고놈의 계집애가 요새로 들어서서 왜 나를 못 먹겠다고 고렇게 아르렁거리는지 모른다. 나흘 전 감자 조각만 하더라도 나는 저에게 조금도 잘못한 것은 없다. 계집애가 나물을 캐러 가면 갔지 남 울타리 엮는 데 쌩이질[5]을 하는 것은 다 뭐냐. 그것도 발소리를 죽여 가지고 등 뒤로 살며시 와서,

"얘! 너 혼자만 일하니?"

하고 긴치 않은 수작을 하는 것이다. 어제까지도 저와 나는 이야기도 잘 않고 서로 만나도 본 척 만 척하고 이렇게 점잖게 지내던 터이련만 오늘로 갑작스레 대견해졌음은 웬일인가. 황차 망아지만한 계집애가 남 일하는 놈 보구.

"그럼 혼자 하지 떼루 하디?"

내가 이렇게 내배앝는 소리를 하니까,

"너 일하기 좋니?"

또는,

"한여름이나 되거든 하지 벌써 울타리를 하니?"

잔소리를 두루 늘어놓다가 남이 들을까 봐 손으로 입을 틀어막고

---

5) 쌩이질: 한창 바쁠 때에 쓸데없는 일로 남을 귀찮게 구는 짓.

는 그 속에서 깔깔댄다. 별로 우스울 것도 없는데 날씨가 풀리더니 이놈의 계집애가 미쳤나 하고 의심하였다. 게다가 조금 뒤에는 제 집께를 할금할금 돌아보더니 행주치마의 속으로 꼈던 바른손을 뽑아서 나의 턱밑으로 불쑥 내미는 것이다. 언제 구웠는지 아직도 더운 김이 확 끼치는 굵은 감자 세 개가 손에 뿌듯이 쥐였다.

"느 집엔 이거 없지?"

하고 생색 있는 큰소리를 하고는 제가 준 것을 남이 알면은 큰일 날 테니 여기서 얼른 먹어버리란다. 그리고 또 하는 소리가,

"너 봄 감자가 맛있단다."

"난 감자 안 먹는다, 너나 먹어라."

나는 고개도 돌리려지 않고 일하던 손으로 그 감자를 도로 어깨 너머로 쑥 밀어 버렸다. 그랬더니 그래도 가는 기색이 없고 뿐만 아니라 쌔근쌔근 하고 심상치 않게 숨소리가 점점 거칠어진다. 이건 또 뭐야, 싶어서 그때서야 비로소 돌아다보니 나는 참으로 놀랐다. 우리가 이 동리에 들어온 것은 근 삼 년째 되어 오지만 여태껏 가무잡잡한 점순이의 얼굴이 이렇게까지 홍당무처럼 새빨개진 법이 없었다. 게다 눈에 독을 올리고 한참 나를 요렇게 쏘아보더니 나중에는 눈물까지 어리는 것이 아니냐. 그리고 바구니를 다시 집어 들더니 이를 꼭 악물고는 엎어질 듯 자빠질 듯 논둑으로 횡허케 달아나는 것이다. 어쩌다 동리 어른이,

"너 얼른 시집가야지?"

하고 웃으면,

"염려 마서유. 갈 때 되면 어련히 갈라구!"

이렇게 천연덕스레 받는 점순이었다. 본시 부끄럼을 타는 계집애도 아니려니와 또한 분하다고 눈에 눈물을 보일 얼병이도 아니다. 분하면 차라리 나의 등허리를 바구니로 한번 모질게 후려 쌔리고 달아날지언정.

그런데 고약한 그 꼴을 하고 가더니 그 뒤로는 나를 보면 잡아먹으려고 기를 복복 쓰는 것이다. 설혹 주는 감자를 안 받아 먹은 것이 실례라 하면, 주면 그냥 주었지 '느 집엔 이거 없지'는 다 뭐냐. 그러잖아도 저희는 마름이고 우리는 그 손에서 배재[6]를 얻어 땅을 부치므로 일상 굽실거린다. 우리가 이 마을에 처음 들어와 집이 없어서 곤란으로 지낼 제 집터를 빌리고 그 위에 집을 또 짓도록 마련해 준 것도 점순네의 호의였다. 그리고 우리 어머니 아버지도 농사 때 양식이 달리면 점순네한테 가서 부지런히 꾸어다 먹으면서 인품 그런 집은 다시 없으리라고 침이 마르도록 칭찬하곤 하는 것이다. 그러면서도 열일곱씩이나 된 것들이 수군수군하고 붙어 다니면 동리의 소문이 사납다고 주의를 시켜 준 것도 또 어머니였다. 왜냐하면 내가 점순이 하고 일을 저질렀다가는 점순네가 노할 것이고, 그러면 우리는 땅도 떨어지고 집도 내쫓기고 하지 않으면 안 되는 까닭이었

6) 배재: 농토를 갖지 못한 농민이 일정한 소작료를 지급하며 다른 사람의 농지를 빌려 농사를 짓는 일.

다. 그런데 이놈의 계집애가 까닭 없이 기를 복복 쓰며 나를 말려 죽이려고 드는 것이다.

눈물을 흘리고 간 담날 저녁나절이었다. 나무를 한 짐 잔뜩 지고 산을 내려오려니까 어디서 닭이 죽는 소리를 친다. 이거 뉘 집에서 닭을 잡나, 하고 점순네 울 뒤로 돌아오다가 나는 고만 두 눈이 뚱그래졌다. 점순이가 저희 집 봉당[7]에 홀로 걸터앉아있는데 이게 치마 앞에다 우리 씨암탉을 꼭 붙들어 놓고는,

"이놈의 닭! 죽어라, 죽어라."

요렇게 암팡스레[8] 패주는 것이 아닌가. 그것도 대가리나 치면 모른다마는 아주 알도 못 낳으라고 그 볼기짝[9]께를 주먹으로 콕콕 쥐어박는 것이다.

나는 눈에 쌍심지가 오르고 사지가 부르르 떨렸으나 사방을 한번 휘돌아보고야 그제서 점순이 집에 아무도 없음을 알았다. 잡은 참 지게막대기를 들어 울타리의 중턱을 후려치며,

"이놈의 계집애! 남의 닭 알 못 낳으라구 그러니?"

하고 소리를 빽 질렀다.

그러나 점순이는 조금도 놀라는 기색이 없고 그대로 의젓이 앉아서 제 닭 가지고 하듯이 또 죽어라, 죽어라, 하고 패는 것이다. 이걸

7) 봉당: 토방(방에 들어가는 문 앞에 좀 높이 편평하게 다진 흙바닥)의 방언(강원, 충북).
8) 암팡스럽다: 몸은 작아도 야무지고 다부진 면이 있다.
9) 볼기짝: 볼기(엉덩이)를 낮잡아 이르는 말.

보면 내가 산에서 내려올 때를 겨냥해 가지고 미리부터 닭을 잡아 가지고 있다가 너 보란 듯이 내 앞에 쥐지르고[10] 있음이 확실하다.

그러나 나는 그렇다고 남의 집에 뛰어 들어가 계집애하고 싸울 수도 없는 노릇이고 형편이 썩 불리함을 알았다. 그래 닭이 맞을 적마다 지게막대기로 울타리나 후려칠 수밖에 별도리가 없다. 왜냐하면 울타리를 치면 칠수록 울섶이 물러앉으며 뼈대만 남기 때문이다. 하나 아무리 생각하여도 나만 밑지는 노릇이다.

"야, 이년아! 남의 닭 아주 죽일 터이냐?"

내가 도끼눈을 뜨고 다시 꽥 호령을 하니까 그제야 울타리께로 쪼르르 오더니 울 밖에 섰는 나의 머리를 겨누고 닭을 내팽개친다.

"에이, 더럽다! 더럽다!"

"더러운 걸 널더러 입때 끼고 있으랬니? 망할 계집애년 같으니!"

하고 나도 더럽단 듯이 울타리께를 힝하니 돌아내리며 약이 오를대로 다 올랐다라고 하는 것은 암탉이 풍기는 서슬에 나의 이마빼기에다 물찌똥을 찍 갈겼는데 그걸 본다면 알집만 터졌을 뿐 아니라 골병은 단단히 든 듯싶다.

그리고 나의 등 뒤를 향하여 나에게만 들릴 듯 말 듯한 음성으로,

"이 바보 녀석아!"

"얘! 너 배냇병신이지?"

---

10) 쥐지르다: 쥐어지르다(주먹으로 힘껏 내지르다)의 준말.

그만도 좋으련만,

“얘! 너 느 아버지가 고자라지?”

“뭐? 울 아버지가 그래 고자야?”

할 양으로 열벙거지가 나서 고개를 홱 돌리어 바라봤더니 그때까지 울타리 위로 나와 있어야 할 점순이의 대가리가 어디 갔는지 보이지를 않는다. 그러다 돌아서서 오자면 아까에 한 욕을 울 밖으로 또 퍼붓는 것이다. 욕을 이토록 먹어 가면서도 대거리 한마디 못 하는 걸 생각하니 돌부리에 채어 발톱 밑이 터지는 것도 모를 만치 분하고 급기야는 두 눈에 눈물까지 불끈 내솟는다. 그러나 점순이의 침해는 이것뿐이 아니다.

사람들이 없으면 틈틈이 제 집 수탉을 몰고 와서 우리 수탉과 쌈을 붙여 놓는다. 제 집 수탉은 썩 험상궂게 생기고 쌈이라면 홰를 치는 고로 으레 이길 것을 알기 때문이다. 그래서 툭하면 우리 수탉이 면두며 눈깔이 피로 흐드르하게 되도록 해놓는다. 어떤 때에는 우리 수탉이 나오지를 않으니까 요놈의 계집애가 모이를 쥐고 와서 꾀어내다가 쌈을 붙인다. 이렇게 되면 나도 다른 배차를 차리지 않을 수 없다. 하루는 우리 수탉을 붙들어 가지고 넌지시 장독께로 갔다. 쌈닭에게 고추장을 먹이면 병든 황소가 살모사를 먹고 용을 쓰는 것처럼 기운이 뻗친다 한다. 장독에서 고추장 한 접시를 떠서 닭 주둥아리께로 들이밀고 먹여 보았다. 닭도 고추장에 맛을 들였는지 거스르지 않고 거진 반 접시 턱이나 곧잘 먹는다. 그리고 먹고 금세는 용을 못 쓸 터이므로 얼마쯤 기운이 들도록 홰[11] 속에다 가두어 두었다.

밭에 두엄을 두어 짐 져내고 나서 쉴 참에 그 닭을 안고 밖으로 나왔다. 마침 밖에는 아무도 없고 점순이만 저희 울안에서 헌옷을 뜯는지 혹은 솜을 터는지 웅크리고 앉아서 일을 할 뿐이다.

나는 점순네 수탉이 노는 밭으로 가서 닭을 내려놓고 가만히 맥을 보았다. 두 닭은 여전히 얼리어 쌈을 하는데 처음에는 아무 보람이 없다. 멋지게 쪼는 바람에 우리 닭은 또 피를 흘리고 그러면서도 날갯죽지만 푸드득푸드득 하고 올라 뛰고 뛰고 할 뿐으로 제법 한 번 쪼아보도 못 한다. 그러나 한번은 어쩐 일인지 용을 쓰고 펄쩍 뛰더니 발톱으로 눈을 하비고 내려오며 면두를 쪼았다. 큰 닭도 여기에는 놀랐는지 뒤로 멈씰하며 물러난다. 이 기회를 타서 작은 우리 수탉이 또 날쌔게 덤벼들어 다시 면두를 쪼니 그제는 감때사나운[12] 그 대강이에서도 피가 흐르지 않을 수 없었다.

옳다 알았다, 고추장만 먹이면은 되는구나, 하고 나는 속으로 아주 쟁그라워 죽겠다. 그때에는 뜻밖에 내가 닭쌈을 붙여 놓는 데 놀라서 울 밖으로 내다보고 섰던 점순이도 입맛이 쓴지 눈살을 찌푸렸다. 나는 두 손으로 볼기짝을 두드리며 연방,

11) 홰: 새장이나 닭장 속에 새나 닭이 올라앉게 가로질러 놓은 나무 막대.
12) 감때사납다: 1.사람이 억세고 사납다. 2.사물이 험하고 거칠다.

"잘한다! 잘한다!"

하고 신이 머리끝까지 뻗치었다. 그러나 얼마 되지 않아서 나는 넋이 풀리어 기둥같이 묵묵히 서 있게 되었다. 왜냐하면 큰 닭이 한번 쪼인 앙갚음으로 호들갑스레 연거푸 쪼는 서슬에 우리 수탉은 찔끔 못 하고 막 곯는다. 이걸 보고서 이번에는 점순이가 깔깔거리고 되도록 이쪽에서 많이 들으라고 웃는 것이다. 나는 보다 못하여 덤벼들어서 우리 수탉을 붙들어 가지고 도로 집으로 들어왔다. 고추장을 좀 더 먹였더라면 좋았을 걸 너무 급하게 쌈을 붙인 것이 퍽 후회가 난다. 장독께로 돌아와서 다시 턱밑에 고추장을 들이댔다. 흥분으로 말미암아 그런지 당최 먹질 않는다. 나는 하릴없이 닭을 반듯이 누이고 그 입에다 궐련[13] 물부리[14]를 물리었다. 그리고 고추장 물을 타서 그 구멍으로 조금씩 들이부었다. 닭은 좀 괴로운지 킥킥하고 재채기를 하는 모양이나 그러나 당장의 괴로움은 매일같이 피를 흘리는 데 댈 게 아니라 생각하였다.

그러나 한 두어 종지 가량 고추장 물을 먹이고 나서는 나는 그만 풀이 죽었다. 싱싱하던 닭이 왜 그런지 고개를 살며시 뒤틀고는 손아귀에서 빼드러지는 것이 아닌가. 아버지가 볼까봐서 얼른 홰에다 감추어 두었더니 오늘 아침에서야 겨우 정신이 든 모양 같다.

그랬던 걸 이렇게 오다 보니까 또 쌈을 붙여 놓으니 이 망할 계집

13) 궐련: 얇은 종이로 가늘고 길게 말아 놓은 담배.
14) 물부리: 담배를 끼워서 빠는 물건.

애가 필연 우리 집에 아무도 없는 틈을 타서 제가 들어와 홰에서 꺼내 가지고 나간 것이 분명하다. 나는 다시 닭을 잡아다 가두고 염려는스러우나 그렇다고 산으로 나무를 하러 가지 않을 수도 없는 형편이었다.

소나무 삭정이를 따며 가만히 생각해 보니 암만해도 고년의 목쟁이를 돌려놓고 싶다. 이번에 내려가면 망할 년 등줄기를 한번 되게 후려치겠다 하고 싱둥겅둥 나무를 지고는 부리나케 내려왔다.

거지반 집에 다 내려와서 나는 호드기[15] 소리를 듣고 발이 딱 멈추었다. 산기슭에 널려 있는 굵은 바윗돌 틈에 노란 동백꽃이 소보록하니 깔리었다. 그 틈에 끼어 앉아서 점순이가 청승맞게시리 호드기를 불고 있는 것이다. 그보다도 더 놀란 것은 그 앞에서 또 푸드득 푸드득 하고 들리는 닭의 횃소리다. 필연코 요년이 나의 약을 올리느라고 또 닭을 집어내다가 내가 내려올 길목에다 쌈을 시켜 놓고 저는 그 앞에 앉아서 천연스레 호드기를 불고 있음에 틀림없으리라.

나는 약이 오를 대로 다 올라서 두 눈에서 불과 함께 눈물이 펑 쏟아졌다. 나무 지게도 벗어 놀 새 없이 그대로 내동댕이치고는 지게막대기를 뻗치고 허둥지둥 달려들었다. 가까이 와보니 과연 나의 짐작대로 우리 수탉이 피를 흘리고 거의 빈사[16] 지경에 이르렀다. 닭도 닭이

---

15) 호드기: 봄철에 물오른 버드나무 가지의 껍질을 고루 비틀어 뽑은 껍질이나 짤막한 밀짚 토막 따위로 만든 피리.
16) 빈사: 반죽음(거의 죽게 됨).

려니와 그러함에도 불구하고 눈 하나 깜짝 없이 고대로 앉아서 호드기만 부는 그 꼴에 더욱 치가 떨린다. 동리에서도 소문이 났거니와 나도 한때는 걱실걱실히 일 잘하고 얼굴 예쁜 계집애인 줄 알았더니 시방 보니까 그 눈깔이 꼭 여우새끼 같다. 나는 대뜸 달려들어서 나도 모르는 사이에 큰 수탉을 단매로 때려 엎었다. 닭은 푹 엎어진 채 다리 하나 꼼짝 못 하고 그대로 죽어 버렸다. 그리고 나는 멍하니 섰다가 점순이가 매섭게 눈을 홉뜨고[17] 닥치는 바람에 뒤로 벌렁 나자빠졌다.

"이놈아! 너 왜 남의 닭을 때려죽이니?"

"그럼 어때?"

하고 일어나다가,

"뭐 이 자식아! 누 집 닭인데?"

하고 복장을 떼미는 바람에 다시 벌렁 자빠졌다. 그리고 나서 가만히 생각하니 분하기도하고 무안도스럽고 또 한편 일을 저질렀으니 인젠 땅이 떨어지고 집도 내쫓기고 해야 될는지 모른다.

나는 비슬비슬 일어나며 소맷자락으로 눈을 가리고는 얼김에 엉하고 울음을 놓았다. 그러다 점순이가 앞으로 다가와서,

"그럼, 너 이담부턴 안 그럴 테냐?"

하고 물을 때에야 비로소 살 길을 찾은 듯싶었다. 나는 눈물을 우

---

17) 홉뜨다: 눈알을 위로 굴리고 눈시울을 위로 치뜨다.

선 씻고 뭘 안 그러는지 명색도 모르건만,

"그래!"

하고 무턱대고 대답하였다.

"요 담부터 또 그래 봐라, 내 자꾸 못살게 굴 테니."

"그래그래, 인젠 안 그럴 테야."

"닭 죽은 건 염려 마라. 내 안 이를 테니."

그리고 뭣에 떠다 밀렸는지 나의 어깨를 짚은 채 그대로 퍽 쓰러진다. 그 바람에 나의 몸뚱이도 겹쳐서 쓰러지며 한창 피어 퍼드러진 노란 동백꽃 속으로 폭 파묻혀 버렸다. 알싸한 그리고 향긋한 그 냄새에 나는 땅이 꺼지는 듯이 온 정신이 고만 아찔하였다.

"너 말 마라?"

"그래!"

조금 있더니 요 아래서,

"점순아! 점순아! 이년이 바느질을 하다 말구 어딜 갔어?"

하고 어딜 갔다 온 듯싶은 그 어머니가 역정이 대단히 났다. 점순이가 겁을 잔뜩 집어먹고 꽃 밑을 살금살금 기어서 산 아래로 내려간 다음 나는 바위를 끼고 엉금엉금 기어서 산 위로 치빼지 않을 수 없었다.

《조광7(1936. 5.)》

김유정 단편선

만무방

만무방

산골에 가을은 무르녹았다.

아름드리 노송은 빽빽이 늘어박혔다. 무거운 송낙을 머리에 쓰고 건들건들. 새새이[1] 끼인 도토리, 벚, 돌배, 갈잎들은 울긋불긋. 잔디를 적시며 맑은 샘이 쫄쫄거린다. 산토끼 두 놈은 한가로이 마주앉아 그 물을 할짝거리고, 이따금 정신이 나는 듯 가랑잎은 부수수하고 떨린다. 산산한 산들바람. 귀여운 들국화는 그 품에 새뜩새뜩 넘논다. 흙내와 함께 향긋한 땅김이 코를 찌른다. 요놈은 싸리버섯, 요놈은 잎 썩은 내, 또 요놈은 송이……. 아니, 아니, 가시넝쿨 속에 숨은 박하풀 냄새로군.

응칠이는 뒷짐을 딱 지고 어정어정 노닌다. 유유히 다리를 옮겨 놓으며 이 나무 저 나무 사이로 호아든다.[2]

코는 공중에서 벌렸다 오므렸다 연신 이러며 훅, 훅. 구붓한 한 송목 밑에 이르자 그는 발을 멈춘다. 이번에는 지면에 코를 얕이 갖

1) 새새이: 사이사이.
2) 호아들다: 이리저리 돌아서 오다.

다 대고 한 바퀴 비잉, 나물 끼고 돌았다.

'아하, 요놈이로군!'

썩은 솔잎에 덮이어 흙이 봉곳이 돋아 올랐다. 그는 손가락을 꾸짖으며 정성스레 살살 헤쳐 본다. 과연 귀여운 송이. 망할 녀석, 조금만 더 나오지. 그걸 뚝 따들고 뒷짐을 지고 다시 어실렁어실렁. 가끔 선하품은 터진다. 그럴 적마다 두 팔을 떡 벌리곤 먼 하늘을 바라보고 늘어지게도 기지개를 늘인다. 때는 한창 바쁠 추수 때이다. 농군치고 송이파적 나올 놈은 생겨나도 않았으리라.

하나 그는 꼭 해야만 할 일이 없었다. 싶으면 하고 말면 말고 그저 그뿐. 그러함에는 먹을 것이 더러 있느냐면 있기는커녕 부쳐 먹을 농토조차 없는, 계집도 없고 자식도 없고. 방은 있대야 남의 곁방이요 잠은 새우잠이요. 하지만 오늘 아침만 해도 한 친구가 찾아와서 벼를 털 텐데 일 좀 와 해달라는 걸 마다하였다. 몇 푼 바람에 그까짓 걸 누가 하느냐보다는 송이가 좋았다. 왜냐면 이 땅 삼천리강산에 늘여 놓인 곡식이 말짱 뉘 것이람. 먼저 먹는 놈이 임자 아니냐. 먹다 걸릴 만치 그토록 양식을 쌓아 두고 일이 다 무슨 난장맞을[3] 일이람. 걸리지 않도록 먹을 궁리나 할 게지. 하기는 그도 한 세 번이나 걸려서 구메밥[4]으로 사관을 틀었다마는 결국 제 밥상 위에 올라앉은 제 몫도 자칫하면 먹다 걸리긴 매일반.

---

3) 난장맞을: 난장을 맞을 만하다는 뜻으로, 몹시 못마땅할 때 욕으로 하는 말.
4) 구메밥: 예전에, 옥에 갇힌 죄수에게 벽 구멍으로 몰래 들여보내던 밥.

올라갈수록 덤불은 욱었다. 머루며 다래, 칡, 게다 이름 모를 잡초. 이것들이 위아래로 이리저리 서리어 좀체 길을 내지 않는다. 그는 잔디 길로만 돌았다. 넓적다리가 벌쭉이는 찢어진 고의[5] 자락을 아끼며 조심조심 사려 딛는다. 손에는 칡으로 엮어 든 일곱 개 송이. 늙은 소나무마다 가선 두리번거린다. 사냥개 모양으로 코로 쿡, 쿡, 내를 한다. 이것도 송이 같고 저것도 송이 같고. 어떤 게 알짜 송이인지 분간을 모른다. 토끼 똥이 소보록한 데 갈잎이 한 잎 뚝 떨어졌다. 그 잎을 살며시 들어 보니 송이 대구리가 불쑥 올라왔다. 매우 큰 송이인 듯. 그는 반색하여 그 앞에 무릎을 털썩 꿇었다. 그리고 그 위에 두 손을 내들며 열 손가락을 다 펴들었다. 가만가만히 살살 흙을 헤쳐 본다. 주먹만 한 송이가 나타난다. 얘 이놈 크구나. 손바닥 위에 따 올려놓고는 한참 들여다보며 싱글벙글한다.

우중충한 구석으로 바위는 벽같이 깎아질렀다. 그 중턱을 엎어나간 칡잎에서는 물이 쪼록쪼록 흘러내린다. 인삼이 썩어 내리는 약수라 한다. 그는 돌 위에 걸터앉으며 또 한 번 하품을 하였다. 간밤 쓸데없는 노름에 밤을 팬[6] 것이 몹시 나른하였다. 따사로운 햇발이 숲을 새어든다. 다람쥐가 솔방울을 떨어치며, 어여쁜 할미새는 앞에서 알씬거리고, 동리에서는 타작을 하느라고 와글거린다. 홍겨워 외치는 목성, 그걸 억누르고 공중에 웅, 웅, 진동하는 벼 터는 기

5) 고의: 남자의 여름 홑바지.
6) 패다: 새우다(한숨도 자지 아니하고 밤을 지내다).

계 소리. 맞은쪽 산속에서 어린 목동들의 노래는 처량히 울려온다. 산속에 묻힌 마을의 전경을 멀리 바라보다가 그는 눈을 찌긋하며 다시 한 번 하품을 뽑는다. 이 웬 놈의 하품일까. 생각해보니 어젯저녁부터 여태껏 창자가 곯렸던 것이다. 불현듯 송이꾸러미에서 그중 크고 먹음직한 놈을 하나 뽑아들었다.

웅칠이는 그 송이를 물에 써억써억 부벼서는 떡 벌어진 대구리부터 걸쌍스레 덥석 물어 떼었다. 그리고 넓죽한 입이 움질움질 씹는다. 혀가 녹을 듯이 만질만질하고 향기로운 그 맛.

이렇게 훌륭한 놈을 입맛만 다시고 못 먹다니. 문득 옛 추억이 혀끝에 뱅뱅 돈다. 이놈을 맛보는 것도 참 근자의 일이다. 감불생심[7]이지 어디 냄새나 똑똑히 맡아 보리. 산속으로 쏘다니다 백판 못 따기도 하려니와 더러 딴다는 놈은 행여 상할까 봐 손도 못 대게 하고 집에 내려다 묻고묻고 하는 것이다. 그러나 요행히 한 꾸러미 차면 금시로 장에 가져다 판다.

이틀 사흘씩 공들인 거로되 잘 하면 사십 전, 못 받으면 이십오 전. 저녁거리를 기다리는 아내를 생각하며 좁쌀 서너 되를 손에 사 들고 어두운 고개를 터덜터덜 올라오는 건 좋으나 이 신세를 뭐에 쓰나 하고 보면 을프냥궂기가 찍이 없겠고……. 이까짓 걸 못 먹어 그래 홧김에 또 한 놈을 뽑아 들고 이번엔 물에 흙도 씻을 새 없이

7) 감불생심: 감히 엄두도 내지 못함.

그대로 텁석거린다. 그러나 다른 놈들도 별 수 없으렷다. 이 산골이 송이의 본 고향이로되 아마 일 년에 한 개조차 먹는 놈이 드물리라.

'흠, 썩어진 두상들!'

그는 폭넓은 얼굴을 일그리며 남이나 들으란 듯이 이렇게 비웃는다. 썩었다 함은 데생겼다[8] 모멸하는 그의 언투였다. 먹다 나머지 송이 꽁댕이를 바로 자랑스러이 입에다 치뜨리곤 트림을 섞어 가며 우물거린다.

송이 두 개가 들어가니 이제는 더 먹을 재미가 없다. 뭔가 좀 든든한 걸 먹었으면 좋겠는데. 떡, 국수, 말고기, 개고기, 돼지고기 그렇지 않으면 쇠고기나. 아따 궁한 판이니 아무 거나 있으면 속중으로 여러 가질 먹으며 시름없이 앉았다. 그는 눈꼴이 슬그러미 돌아간다.

웬 놈의 닭인지 암탉 한 마리가 조 아래 무덤 앞에서 빼빼 맨다. 골골거리며 감도는 걸 보매 아마 알자리를 보는 맥이라. 그는 돌에서 궁뎅이를 들었다. 낯은 하늘로 외면하여 못 본 척하고 닭을 향하여 저켠으로 널찍이 돌아내린다. 그러나 무덤까지 왔을 때 몸을 돌리며,

"후, 후, 후, 이 자식이 어딜 가 후—."

두 팔을 벌리고 쫓아간다. 산꼭대기로 치모니 닭은 허둥지둥 갈

8) 데생기다: 생김새나 됨됨이가 완전하게 이루어지지 못하여 못나게 생기다.

길을 모른다. 요리 매낀 조리 매낀, 꼬꼬댁거리며 속만 태울 뿐. 그러나 바위틈에 끼어 왁살스러운 그 주먹에 모가지가 둘로 나기에는 불과 몇 분 못 걸렸다.

그는 으슥한 숲속으로 찾아들었다. 닭의 껍질을 홀랑 까고서 두 다리를 들고 찢으니 배창이 옆구리로 꿰진다. 그놈은 긁어 뽑아서 껍질과 한데 뭉치어 흙에 묻어 버린다. 고기가 생기고 보니 연하여 나느니 막걸리 생각. 이걸 부글부글 끓여 놓고 한 사발 떡 곁으면[9] 똑 좋을 텐데 제—기.

응칠이의 고기는 어디 떨어졌는지 술집까지 못 가는 고기였다. 아무려나 고기 먹고 술 먹고 거꾸론 못 먹느냐. 그는 닭의 가슴패기를 입에 들여대고 쭉 찢어가며 먹기 시작한다. 쫄깃쫄깃한 놈이 제법 맛이 들었다. 가슴을 먹고 넓적다리, 볼기짝을 먹고 거반 반쯤을 다 해내고 나니 어쩐지 맛이 좀 적었다. 결국 음식이란 양념을 해야 하는군. 수풀 속으로 그냥 내던지고 그는 설렁설렁 내려온다. 솔숲을 빠져 화전께로 내리려 할 때 별안간 등 뒤에서,

"여보게, 저 응칠이 아닌가."

고개를 돌려 보니 대장간 하는 성팔이가 작달막한 체수에 들갑작거리며 고개를 넘어온다. 그런데 무슨 긴한 일이나 있는지 부리나케 달려들더니,

9) 곁다: 기름 따위가 흠씬 배다. 또는 그렇게 하다.

"자네 응고개 논의 벼 없어진 거 아나?"

응칠이는 그만 가슴이 덜컥 내려앉았다. 이 바쁜 때 농군의 몸으로 응고개까지 애를 써 갈 놈도 없으려니와 또한 하필 절 보고 벼의 없어짐을 말하는 것이 여간 심상치 않은 일이었다. 잡담 제하고 응칠이는,

"자넨 어째서 응고개까지 갔던가?"

하고 대담스레 그 눈을 쏘아보았다. 그러나 성팔이는 조금도 겁먹은 기색 없이,

"아 어쩌다 지났지 뭘 그래."

하며 도리어 얼레발[10]을 치고 덤비는 수작이다. 고얀 놈, 응칠이는 입때 다녀야 동무를 팔아 배를 채우고 그런 비열한 짓은 안 한다. 낯을 붉히자 눈에 불이 보이며,

"어쩌다 지냈다?"

응칠이가 이 동리에 들어온 것은 어느덧 달이 넘었다. 인제는 물릴 때도 되었고, 좀 떠보고자 생각은 간절하나 아우의 일로 말미암아 망설거리는 중이었다.

그는 오라는 데는 없어도 갈 데는 많았다. 산으로 들로 해변으로 발부리 놓이는 곳이 즉 가는 곳이다. 그러다 저물면은 그대로 쓰러진다. 남의 방앗간이고 헛간이고 혹은 강가, 시새장, 물론 수가 좋으

10) 얼레발: 엉너리(남의 환심을 사기 위하여 어벌쩡하게 서두르는 짓)의 방언(경기).

면 괴때기[11] 위에서 밤을 편히 잘 적도 있었다. 이렇게 하여 강원도 어수룩한 산골로 이리 넘고 저리 넘고 못 간 데 별로 없이 유람 겸 편답하였다.

그는 한구석에 머물러 있음은 가슴이 답답할 만치 되우[12] 괴로웠다. 그렇다고 응칠이가 본시 역마직성이냐 하면 그런 것도 아니다.

그도 오 년 전에는 사랑하는 아내가 있었고 아들이 있었고 집도 있었고, 그때야 어딜 하루라도 집을 떨어져 보았으랴. 밤마다 아내와 마주 앉으면 어찌 하면 이 살림이 좀 늘어 볼까 불어 볼까, 애간장을 태우며 갖은 궁리를 되하고 되하였다마는, 별 뾰족한 수는 없었다. 농사는 열심으로 하는 것 같은데 알고 보면 남는 건 겨우 남의 빚뿐, 이러다가는 결말엔 봉변을 면치 못할 것이다.

하루는 밤이 깊어서 코를 골며 자는 아내를 깨웠다. 밖에 나아가 우리의 세간이 몇 개나 되는지 세어 보라 하였다. 그리고 저는 벼루에 먹을 갈아 찍어 들었다. 벽에 바른 신문지는 누렇게 끄을렀다. 그 위에다 아내가 불러 주는 물목대로 일일이 내려 적었다. 독이 세 개, 호미가 둘, 낫이 하나로부터 밥사발, 젓가락, 짚이 석 단까지 그 다음에는 제가 빚을 얻어온 데, 그 사람들의 이름을 쭉 적어 놓았다. 금액은 제각기 그 아래다 달아 놓고, 그 옆으론 조금 사이를 떼어 역

11) 괴때기: 괴꼴(타작을 할 때에 생기는 벼 낟알이 섞인 짚북데기)의 잘못.
12) 되우: 되게(아주 몹시).

시 조선 문[13]으로 나의 소유는 이것밖에 없노라. 나는 오십사 원을 갚을 길이 없으매 죄진 몸이라 도망하니 그대들은 아예 싸울 게 아니겠고 서로 의논하여 억울치 않도록 분배하여 가기 바라노라 하는 의미의 성명서를 벽에 남기자 안으로 문들을 걸어 닫고 울타리 밑구멍으로 세 식구가 빠져나왔다.

이것이 응칠이가 팔자를 고치던 첫 날이었다. 그들 부부는 돌아다니며 밥을 빌었다. 아내가 빌어다 남편에게, 남편이 빌어다 아내에게.

그러자 어느 날 밤 아내의 얼굴이 썩 슬픈 빛이었다. 눈보라는 살을 에인다. 다 쓰러져 가는 물방앗간 한구석에서 섬을 두르고 어린애에게 젖을 먹이며 떨고 있더니 여보게유 하고 고개를 돌린다. 왜 하니까 그 말이, 이러다간 우리도 고생일 뿐더러 첫째 어린애를 잡겠수, 그러니 서로 갈립시다, 하는 것이다. 하긴 그럴 법한 말이다. 쥐뿔도 없는 것들이 붙어다닌댔자 별수는 없다. 그보담은 서로 갈리어 제 맘대로 빌어먹는 것이 오히려 가뜬하리라. 그는 선뜻 응낙하였다. 아내의 말대로 개가를 해가서 젖먹이나 잘 키우고 몸 성히 있으면 혹연 분이 닿아 다시 만날지도 모르니깐, 마지막으로 아내와 같이 땅바닥에서 나란히 누워 하룻밤을 새고 나서 날이 훤해지자 그는 툭툭 털고 일어섰다.

---

13) 문: 문장(文章).

매팔자란 응칠이의 팔자이겠다. 그는 버젓이 게트림으로 길을 걸어야 걸릴 것은 하나도 없다. 논 맬 걱정도, 호포 바칠 걱정도, 빚 갚을 걱정, 아내 걱정, 또는 굶을 걱정도. 호동그란히 털고 나서니 팔자 중에는 아주 상팔자다. 먹고만 싶으면 도야지구, 닭이구, 개구, 언제나 옆을 떠날 새 없겠지, 그리고 돈, 돈도.

그러나 주재소는 그를 노려보았다. 툭하면 오라, 가라, 하는데 학질이었다. 어느 동리고 가있다가 불행히 일만 나면 누구보다도 그부터 붙들려 간다. 왜냐면 그는 전과 사범이었다.

처음에는 도박으로, 다음엔 절도로, 또 고 담에는 절도로, 절도로. 그러나 이번 멀리 아우를 방문함은 생활이 궁하여 근대러[14] 왔다거나 혹은 일을 해보러 온 것은 결코 아니었다. 혈족이라곤 단 하나의 동생이요, 또한 오래 못 본지라 때 없이 그리웠다. 그래 모처럼 찾아온 것이 뜻밖에 덜컥 일을 만났다.

지금까지 논의 벼가 서 있다면 그것은 성한 사람의 짓이라 안 할 것이다. 응오는 응고개 논의 벼를 여태 베지 않았다. 물론 응오가 베어야 할 것이다. 누가 듣던지 그 형 응칠이를 먼저 의심하리라. 그럼 여기에 따르는 모든 책임을 응칠이가 혼자 지지 않으면 안 될 것이나.

응오는 진실한 농군이었다. 나이 서른하나로 무던히 철났다 하고

14) 근대다: 몹시 성가시게 하다.

동리에서 쳐주는 모범 청년이었다. 그런데 벼를 베지 않는다. 남은 다들 거둬들였고 털기까지 하련만 그는 벨 생각조차 않는 것이다. 지주라든 혹은 그에게 장리[15]를 놓은 김 참판이든 뻔찔 찾아와 벼를 베라 독촉하였다.

"얼른 털어서 낼 건 내야지."

하면 그 대답은,

"계집이 죽게 됐는데 벼는 다 뭐지유……."

하고 한결같이 내뱉는 소리뿐이었다. 하기는 응오의 아내가 지금 기지[16] 사경이매 틈은 없었다 하더라도 돈이 놀아서[17] 약을 못 쓰는 이 판이니 진시 벼라도 털어야 할 것이다. 그러면 왜 안 털었던가.

그것은 작년 응오와 같이 지주 문전에서 타작을 하던 친구라면 묻지는 않으리라. 한 해 동안 애를 졸이며 홑 자식 모양으로 알뜰히 가꾸던 그 벼를 거둬들임은 기쁨에 틀림없었다.

꼭두새벽부터 엣, 엣, 하며 괴로움을 모른다. 그러나 캄캄하도록 털고 나서 지주에게 도지[18]를 제하고, 장리쌀을 제하고, 색초를 제하고 보니 남은 것은 등줄기를 흐르는 식은땀이 있을 따름. 그것은 슬프다 하기보다 끝없이 부끄러웠다. 같이 털어 주던 동무들이 뻔히

---

15) 장리: 돈이나 곡식을 꾸어 주고, 받을 때에는 한 해 이자로 본디 곡식의 절반 이상을 받는 변리.
16) 기지: 이미 앎.
17) 놀다: 드물어서 구하기 어렵다.
18) 도지: 일정한 대가를 주고 빌려 쓰는 논밭이나 집터.

보고 섰는데 빈 지게로 덜렁거리며 집으로 돌아오는 건 진정 열적기 짝이 없는 노릇이었다. 참다 참다 못해 응오는 눈에 눈물이 흘렀던 것이다.

가뜩한데 엎치고 덮치더라고 올해는 고나마 흉작이었다. 샛바람과 비에 벼는 깨깨 비틀렸다. 이놈을 가을하다간[19] 먹을 게 남지 않음은 물론이요 빚도 다 못 가릴 모양. 에라, 빌어먹을 거 너들끼리 캐다 먹든 말든 멋대로 하여라, 하고 내던져 두지 않을 수 없다. 벼를 거뒀다고 말만 나면 빚쟁이들은 우— 몰려들 거니깐.

응칠이의 죄목은 여기에서도 또렷이 드러난다. 국으로 가만만 있었더면 좋은 걸 이 사품[20]에 뛰어들어 지주의 뺨을 제법 갈긴 것이 응칠이었다. 처음에야 그럴 작정이 아니었다. 그는 여러 곳 물을 마신 이만치 어지간히 속이 틘 건달이었다. 지주를 만나 까놓고 썩 좋은 소리로 의논하였다. 올 농사는 반실이니 도지도 좀 감해주는 게 어떠냐고. 그러나 지주는 암말 없이 고개를 모로 흔들었다. 정 이러면 하여튼 일 년 품은 빼야 할 테니 나는 그 논에다 불을 지르겠수, 하여도 잠자코 응치 않는다. 지주로 보면 자기로도 그 벼는 넉넉히 거둬들일 수는 있다마는, 한 번 버릇을 잘못 해놓으면 어느 작인까지 행실을 버릴까 염려하여 겉으로 독촉만 하고 있는 터이었다. 실상이야 고까짓 벼쯤 있어도 고만 없어도 고만, 그 심보를 눈치 채고

19) 가을하다: 벼나 보리 따위의 농작물을 거두어들이다.
20) 사품: 어떤 동작이나 일이 진행되는 바람이나 겨를.

응칠이는 화를 벌컥 낸 것만은 좋으나 저도 모르게 대뜸 주먹뺨이 들어갔던 것이다.

이렇게 문제 중에 있는 벼인데 귀신의 놀음 같은 변괴가 생겼다. 다시 말하면 벼가 없어졌다. 그것도 병들어 쓰러진 쭉정이는 제쳐 놓고 무얼로 그랬는지 알장 이삭만 따갔다. 그 면적으로 어림하면 아마 못 돼도 한 댓 말가량은 될는지!

응칠이가 아침 일찍이 그 논께로 노닐자 이걸 발견하고 기가 막혔다. 누굴 성가시게 굴려고 그러는지. 산속에 파묻힌 논이라 아직은 본 사람이 없는 모양 같다. 하나 동리에 이 소문이 퍼지기만 하면 저는 어느 모로든 혐의를 받아 폐는 좋이 입어야 될 것이다. 응칠이는 송이도 송이려니와 실상은 궁리에 바빴다. 속중으로 지목 갈 만한 놈을 여럿 들어 보았으나 이렇다 찍을 만한 증거가 없다. 어쩌면 재성이나 성팔이 이 둘 중의 짓이리라, 하고 결국 이렇게 생각던 것도 응칠이가 아니면 안 될 것이다.

원수는 외나무다리에서 만났다. 응칠이는 저의 짐작이 들어맞음을 알고 당장에 일을 낼 듯이 성팔이의 눈을 들이 노렸다. 성팔이는 신이 나서 떠들다가 그 눈총에 어이가 질려서 고만 벙벙하였다. 그리고 얼굴이 핼쑥하여 마주 대고 쳐다보더니,

"그래, 자네 왜 그케 노하나. 지내다 보니깐 그렇길래 일테면 자네 보고 얘기지 뭐."

하고 뒷갈망[21]을 못 하여 우물쭈물한다.

"노하긴 누가 노해!"

웅칠이는 빼팅겼던 몸에 좀 더 힘을 올리며,

"웅고개를 어째 갔더냐 말이지?"

"놀러 갔다 오는 길인데 우연히……."

"놀러 갔다, 거기가 노는 덴가?"

"글쎄, 그렇게까지 물을 게 뭔가. 난 웅고개 아니라 서울은 못 갈 사람인가."

하다가 성팔이는 속이 타는지 코로 후응 하고 날숨을 길게 뽑는다. 이렇게 나오는 데는 더 물을 필요가 없었다. 성팔이란 놈도 여간내기가 아니요 구장네 솔인가 뭔가 떼다 먹고 한 번 다녀온 놈이었다. 많이 사귀지는 못했으나 동리 평판이 그놈과 같이 다니다가는 엉뚱한 일 만난다 한다. 이번에 웅칠이 저 역시 그 섭수에 걸렸음을 알고,

"그야 웅고개라고 못 갈 리 없을 테……."

하고 한 번 엇먹다,[22] 그러나 자네두 알다시피 거 어디야, 거기 바로 길이 있다든지 사람 사는 동리라면 혹 모른다 하지마는 성한 사람이야 웅고개에 뭘 먹으러 가나, 그렇지 자네야 심심하니까, 하고 앞을 꽉 눌러 등을 떠본다. 여기에는 대답 없고 성팔이는 덤덤히 쳐

21) 뒷갈망: 뒷감당.
22) 엇먹다: 사리에 맞지 않는 말과 행동으로 비꼬다.

다만 본다. 무엇을 생각했는가 한참 있더니 호주머니에서 단풍갑을 꺼낸다. 우선 제가 한 개를 물고 또 하나를 뽑아 내대며,

"궐련 하나 피우게."

매우 듬직한 낯을 해 보인다. 이놈이 이에 밝기가 몹시 밝은 성팔이다. 턱없이 궐련 하나라도 선심을 쓸 궐자가 아니리라, 생각은 하였으나 그렇다고 예까지 부르대는 건 도리어 저의 처지가 불리하다. 그것은 짜장[23] 그 손에 넘는 짓이니,

"아 웬 궐련은 이래."

하고 슬쩍 눙치며,

"성냥 있겠나?"

일부러 불까지 거 대게 하였다. 응칠이에게 액을 떠넘기어 이용하려는 고 야심을 생각하면 곧 달려들어 다리를 꺾어 놔야 옳을 것이다. 그러나 이 마당에 떠들어 대고 보면 저는 드러누워 침 뱉기. 결국 도적은 뒤로 잡지 앞에서 어르는 법이 아니다. 동리에 소문이 퍼질 것만 두려워하며,

"여보게, 자네가 했건 내가 했건 간."

하고 과연 정다이 그 등을 툭 치고 나서,

"우리 둘만 알고 동리에 말을 내지 말게."

하다가 성팔이가 이 말에 되우 놀라며 눈을 말똥말똥 뜨니,

23) 짜장: 과연 정말로.

"그까진 벼쯤 먹으면 어떤가!"

하고 껄껄 웃어 버린다.

성팔이는 힌 굽 접히어 말문이 메였는지 얼떨하여 입맛만 다신다.

"아예 말은 내지 말게, 응 알지."

하고 다시 다질 때에야 겨우 주저주저 입을 열어,

"내야 무슨 말을 내겠나."

하고 조금 사이를 떼어 또,

"내야 무슨 말을……. 그건 염려 말게."

하더니 비실비실 몸을 돌리어 저 갈 길을 내걷는다. 그러나 저 앞 고개까지 가는 동안에 두 번이나 돌아다보며 이쪽을 살피고살피고 한 것만은 사실이었다. 응칠이는 그 꼴을 이윽히 바라보고 입 안으로 죽일 놈, 하였다. 아무리 도적이라도 같은 동료에게 제 죄를 넘겨씌우려 함은 도저히 의리가 아니다. 그건 그렇다 치고 응오가 더 딱하지 않은가. 기껏 힘들여 지어 놓았다 남 좋은 일 한 것을 안다면 눈이 뒤집힐 일이겠다. 이래서야 어디 이웃을 믿어 보겠는가. 확적히 증거만 있어 이놈을 잡으면 대번에 요절을 내리라 결심하고 응칠이는 침을 탁 뱉어 던지고 산을 내려온다.

그런데 그놈의 행티로 가늠 보면 응칠이 저만치는 때가 못 벗은 도적이다. 어느 미친놈이 논두렁에까지 가새[24]를 들고 오는가. 격식도

24) 가새: 가위의 방언(경기, 경상, 전라, 충청).

모르는 풋둥이가 그러려면 바로 조 낟가리나 수수 낟가리 말이지 그 속에 들어앉아 가위로 속닥거려야 들킬 리도 없고 일도 편하고 두 포대고 세 포대고 마음껏 딸 수도 있다. 그러나 틈 보고 집으로 나르면 그만이지만 누가 논의 벼를 다……. 그렇게도 벼에 걸신이 들었다면 바로 남의 집 머슴으로 들어가 한 달포 동안 주인 앞에 얼렁거리며 신용을 얻어 오다가 주는 옷이나 얻어 입고 다들 잠들거든 볏섬이나 두둑이 짊어 메고 덜렁거리면 그뿐이다. 이건 맥도 모르는 게 남도 못살게 굴려고 에—이 망할 자식두……. 그는 분노에 살이 다 부들부들 떨리는 듯싶었다. 그러나 이런 좀도적이란 봉이 나기 전에는 바짝 물고 덤비는 법이었다. 오늘 밤에는 요놈을 지켰다 꼭 붙들어 가지고 정강이를 분질러 노리라. 밥을 먹고는 태연히 막걸리 한 사발을 껄떡껄떡 들이켜자,

"커! 가을이 되니깐 맛이 행결 낫군!"

그는 주먹으로 입가를 쓱쓱 훔친 다음 송이 꾸럼에서 세 개를 뽑는다. 그리고 그걸 갈퀴같이 마른 주막 할머니 손에 내어 주며,

"옜수, 송이나 잡숫게유."

하고 술값을 치렀으나,

"아이, 송이두 고놈 참."

간사를 피우는 것이 겉으로는 반기는 척하면서도 좀 시쁜[25] 모양

25) 시쁘다: 마음에 차지 아니하여 시들하다.

이다. 제 딴은 한 개에 삼 전 씩 치더라도 구 전 밖에 안 되니깐. 응칠이는 슬며시 화가 나서 그 얼굴을 유심히 들여다보았다. 움푹 들어간 볼때기에 저긴 또 왜 저리 멋없이 불거졌는지 툭 나온 광대뼈하고 치마 아래로 남실거리는 발가락은 자칫 잘못 보면 황새발목이니 이건 언제 잡아 가려고 남겨 두는 거야. 보면 볼수록 하나 이쁜 데가 없다. 한두 번 먹은 것도 아니요 언젠가 울타리께 풀을 베어 주고 술사발이나 얻어먹은 적도 있었다. 고렇게 야멸치게 따질 건 뭔가. 그는 눈살을 흘깃 맞히고는 하나를 더 꺼내어,

"옜수, 또 하나 잡숫게유!"

내던져 주곤 댓돌에 가래침을 탁 뱉었다. 그제야 식성이 좀 풀리는지 그 가축[26]으로 웃으며,

"아이구 이거 자꾸 주면 어떻게 해."

"어떡하긴 자꾸 살찌게유."

하고 한마디 툭 쏘고 일어서다가 무엇을 생각함인지 다시 툇마루에 주저앉는다.

"그런데 참 요즘 성팔이 보셨수?"

"아—니, 당최 볼 수가 없더구먼."

"술도 안 먹으러 와유?"

"안 와!"

---

26) 가축: 물품이나 몸가짐 따위를 알뜰히 매만져서 잘 간직하거나 거둠.

하고는 입 속으로 뭐라고 중얼거리며 의아한 낯을 들더니,

"왜, 또 뭐 일이……?"

"아니유, 본 지가 하 오래니깐!"

웅칠이는 말끝을 얼버무리고 고개를 돌리어 한데를 바라본다. 벌써 점심때가 되었는지 닭들이 요란히 울어 댄다. 논둑의 미루나무는 부 하고 또 부 하고 잎이 날리며 팔랑팔랑 하늘로 올라간다.

"성팔이가 이 마을에서 얼마나 살았지요?"

"글쎄, 재작년 가을이지 아마."

하고 장죽을 빽빽 빨더니,

"근대 또 떠난대든가, 홍천인가 어디 즈 성님한테로 간대."

하고 그게 옳지, 여기서 뭘 하느냐, 대장간이라구 일이나 많으면 모르거니와 밤낮 파리만 날리는데 그보다는 즈 형이 크게 농사를 짓는다니 그 뒤나 거들어 주고 국으로 얻어먹는 게 신상에 편하겠지. 그래 불일간[27] 처자식을 데리고 아마 떠나리라고 하고,

"농군은 그저 농사를 지야 돼."

"낼 술 먹으러 또 오지유."

간단히 인사만 하고 웅칠이는 다시 일어났다. 주막을 나서니 옷깃을 스치는 개운한 바람이다. 밭둔덕의 대추는 척척 늘어진다. 멀지 않아 겨울은 또 오렸다. 그는 응오의 집을 바라보며 그간 죽었는지

27) 불일간: 불일내(며칠 걸리지 아니하는 동안).

궁금하였다.

응오는 봉당에 걸터앉았다. 그 앞 화로에는 약이 바글바글 끓는다. 그는 정신없이 들여다보고 앉았다. 우중충한 방에서는 아내의 가쁜 숨소리가 들린다. 색, 색 하다가 아이구, 하고는 까무러지게 콜록거린다. 가래가 치밀어 몹시 괴로운 모양. 뽑아 줄 사이가 없이 풀들은 뜰에 엉켰다. 흙이 드러난 지붕에서 망초가 휘어청 휘어청 바람은 가끔 찾아와 싸리문을 흔든다. 그럴 적마다 문은 을씨년스럽게 삐—꺽 삐—꺽. 이웃의 발발이는 부엌에서 한창 바쁘게 달그락거린다. 마는, 아침에 아내에게 먹이고 남은 조죽밖에야. 아니 그것도 참 남편이 마저 긁었으니 사발에 붙은 찌꺼기뿐이리라.

"거, 다 졸았나 부다."

응칠이는 약이란 다 졸면 못쓰니 고만 짜 먹여라 하였다. 약이라야 어젯저녁 울 뒤에서 옮아 들인 구렁이지만. 그러나 응오는 듣고도 흘렸는지 혹은 못 들었는지 잠자코 고개도 안 든다.

"옜다, 송이 맛이나 봐라."

하고 형이 손을 내밀 제야 겨우 시선을 들었으나 술이 거나한 그 얼굴을 거북살스레 훑어본다. 그리고 송이를 고맙지 않게 받아 방에 치뜨리고는,

"이거나 먹어."

하다가,

"뭐?"

소리를 크게 질렀다. 그래도 잘 들리지 않으므로,

"뭐야 뭐야, 좀 똑똑히 하라니깐?"

하고 골피를 찌푸린다. 그러나 아내는 손짓만으로 무슨 소린지 알 수가 없다. 음성으로 치느니보다 종이 비비는 소리랄지, 그걸 듣기에는 지척도 멀었다. 가만히 보다 응칠이는 제가 다 불안하여,

"뒤보겠다는 게 아니냐?"

"그럼 그렇다 말이 있어야지."

남편은 이내 짜증을 내며 몸을 일으킨다. 병약한 아내의 음성이 날로 변하여 감을 시방 안 것도 아니련만……. 그는 방바닥에 늘어져 꼬치꼬치 마른 반송장을 조심히 일으키어 등에 업었다. 울 밖 밭머리에 잿간은 놓였다. 머리가 눌릴 만치 납작한 굴속이다. 게다 거미줄은 예제없이 엉키었다. 부춘돌[28] 위에 내려놓으니 아내는 벽을 의지하여 웅크리고 앉는다. 그리고 남편은 눈을 멀뚱멀뚱 뜨고 지키고 섰는 것이다.

이 꼴들을 멀거니 바라보다 응칠이는 마뜩지 않게 코를 횡 풀며 입맛을 다시었다. 응오의 짓이 어리석고 울화가 터져서이다. 요즘 응오가 형에게 잘 말도 않고 왜 어딱비딱하는지 그 속은 응칠이도 모르는 바 아닐 것이다. 응오가 이 아내를 찾아올 때 꼭 삼 년간을 머슴을 살았다. 그처럼 먹고 싶던 술 한 잔 못 먹었고, 그처럼 침을 삼

---

28) 부춘돌: 예전에, 부출 대신 놓아서 발로 디디고 앉아서 뒤를 보게 한 돌.

키던 그 개고기 한 메 물론 못 샀다. 그리고 사경[29]을 받는 대로 꼭꼭 장리를 놓았으니 후일 선채[30]로 썼던 것이다. 이렇게까지 근사를 모아[31] 얻은 계집이런만 단 두 해가 못 가서 이 꼴이 되고 말았다.

그러나 이 병이 무슨 병인지 도시 모른다. 의원에게 한 번이라도 변변히 뵈 본 적이 없다. 혹 안다는 사람의 말인즉 뇌점[32]이니 어렵다 하였다. 돈만 있으면야 뇌점이고 염병이고 알 바가 못 될 거로되 사날 전 거리로 쫓아 나오며,

"성님!"

하고 팔을 챌 적에는 응오도 어지간히 급한 모양이었다.

"왜?"

응칠이가 몸을 돌리니 허둥지둥 그 말이 이제는 별도리가 없다. 있다면 꼭 한 가지가 남았으니 그것은 엇그저께 산신을 부리는 노인이 이 마을에 오지 않았는가. 그 노인이 응오를 특히 동정하여 십오 원만 들이어 산치성[33]을 올리면 씻은 듯이 낫게 해주리라는데.

"성님은 언제나 돈 만들 수 있지유?"

"거, 안 된다. 치성 들여 날 병이 안 낫겠니."

하여 여전히 딱 떼고 그러게 내 뭐래든, 애전[34]에 계집 다 내버리

29) 사경: 월급.
30) 선채: 전통 혼례에서, 혼례를 치르기 전에 신랑 집에서 신부 집으로 보내는 채단.
31) 근사를 모으다: 부지런히 힘을 쓰는 일을 오랫동안 계속하여 공을 들이다.
32) 뇌점: 폐병의 순우리말.
33) 산치성: 산신령에게 정성을 드리는 일.
34) 애전: 애초(맨 처음).

고 날 따라 나서랬지 하고,

"그래 농군의 살림이란 제 목매기라지!"

그러나 아우가 암말 없이 몸을 홱 돌리어 집으로 들어갈 제 응칠이는 속으로 또 괜한 소리를 했구나, 하였다.

응오는 도로 아내를 업어다 방에 뉘었다. 약은 다 졸았다. 불이 삭기[35] 전 짜야 할 것이다. 식기를 기다려 약사발을 입에 대어 주니 아내는 군말 없이 그 구렁이 물을 껄덕껄덕 들이마신다.

응칠이는 마당에 우두커니 앉았다. 사람의 목숨이란 과연 중하군 하였다. 그러나 계집이라는 저 물건이 저렇게 떼기 어렵도록 중할까, 하니 암만해도 알 수 없고.

"너 참 요 건너 성팔이 알지?"

"……."

"너하고 친하냐?"

"……."

"성이 뭐래는데 거 대답 좀 하렴."

하고 소리를 빽 질러도 아우는 대답은 말고 고개도 안 든다. 그러나 응칠이는 하늘을 쳐다보고 트림만 끄윽 하고 말았다. 술기가 코를 꽉꽉 찔러야 할 터인데 이건 풋김치 냄새만 코밑에서 뱅뱅 돈다. 공짜 김치만 퍼먹을 게 아니라 한 잔 더 했더면 좋았을걸. 그는 일어

35) 삭다: 사그라지다.

서서 대를 허리에 꽂고 궁둥이의 흙을 털었다. 벼 도둑맞은 이야기를 할까, 하다가 아서라 가뜩이나 울상이 속이 쓰릴 것이다. 그보다는 이놈을 잡아 놓고 낭중 희자를 뽑는 것이 점잖겠지.

그는 문 밖으로 나와 버렸다. 답답한 아우의 살림을 보니 역 답답하던 제 살림이 연상되고 가슴이 두루 답답하였다. 이런 때에는 무가 십상이다. 사실 하느님이 무를 마련해 낸 것은 참으로 은혜로운 일이다. 맥맥할 때 한 개를 씹고 보면 꿀꺽 하고, 쿡 치는 그 맛이 좋고, 남의 무밭에 들어가 하나를 쑥 뽑으니 가락 무.[36] 이—키, 이거 오늘 운수 대통이로군. 내던지고 그 다음 놈을 뽑아 들고 개울로 내려온다. 물에 쓱쓰윽 닦아서는 꽁지는 이로 베어 던지고 어썩 깨물어 붙인다.

개울 둔덕에 포플러는 호젓하게도 매출히 컸다. 자갈돌은 그 밑에 옹기종기 모였다. 가생이로 잔디가 소보록하다. 응칠이는 나가자빠져 마을을 건너다보며 눈을 멀뚱멀뚱 굴리고 누웠다. 산이 빵빵 둘리어 숨이 콕 막힐 듯한 그 마을.

아리랑 아리랑 아라리요
아리랑 띄어라 노다 가세
증기차는 가자고 왼고동 트는데

36) 가락 무: 가랑무(제대로 굵게 자라지 못하고 밑동이 두세 가랑이로 갈라진 무)의 잘못.

정든 님 품 안고 낙누낙누
아리랑 아리랑 아라리요
아리랑 띄어라 노다 가세
낼 갈지 모래 갈지 내 모르는데
옥씨기 강낭이는 심어 뭐 하리
아리랑 아리랑 아라리요
아리랑 띄어라…….

그는 콧노래로 이렇게 흥얼거리다 갑작스레 강릉이 그리웠다. 펄펄 뛰는 생선이 좋고, 아침 햇살이 빗기어 힘차게 출렁거리는 그 물결이 좋고. 이까짓 둠 구석에서 쪼들리는 데 대다니. 그래도 즈이 딴엔 무어 농사 좀 지었답시고 악을 복복 쓰며 잘도 떠들어 댄다. 하지만 그런 중에도 어디인가 형언치 못할 쓸쓸함이 떠돌지 않는 것도 아니다. 삼십여 년 전 술을 빚어 놓고 쇠를 울리고 흥에 질리어 어깨춤을 덩실거리고 이러던 가을과는 저 딴 쪽이다.

가을이 오면 기쁨에 넘쳐야 될 시골이 점점 살기만 띠어 옴은 웬 일인고. 이렇게 보면 재작년 가을 어느 밤 산중에서 낫으로 사람을 찍어 죽인 강도가 문득 머리에 떠오른다. 장을 보고 오는 농군을 농군이 죽였다. 그것도 많이나 되었으면 모르되 빼앗은 것이 한껏 동전 네 닢에 수수 일곱 되, 게다가 흔적이 탄로날까 하여 낫으로 그 얼굴의 껍질을 벗기고 조기 대강이 이기듯 끔찍하게 남기고 조긴[37] 망나니다. 흉악한 자식. 그 알량한 돈 사 전에, 나 같으면 가여워 덧돈을 주고라도 왔으리라. 이번 놈은 그 따위 깍다귀[38]나 아닐는지 할 때 찬 김과 아울러 치미는 소름에 머리끝이 다 쭈뼛하였다. 그간 아우의 농사를 대신 돌봐 주기에 이럭저럭 날이 늦었다. 오늘 밤에는 이놈을 다리를 꺾어 놓고 내일쯤은 봐서 설렁설렁 뜨는 것이 옳은 일이겠다. 이 산을 넘을까 저 산을 넘을까 주저거리며 속으로 점을 치다가 슬그머니 코를 골아 올린다.

밤이 내리니 만물은 고요히 잠이 든다. 검푸른 하늘에 산봉우리는 울퉁불퉁 물결을 치고 흐릿한 눈으로 별은 떴다. 그러다 구름떼가 몰려 닥치면 깜깜한 절벽이 된다. 또한 마을 한복판에는 거친 바람이 오락가락 쓸쓸히 궁글고 이따금 코를 찌르는 후련한 산사 내음새.

북쪽 산 밑 미루나무에 싸여 주막이 있는 데 유달리 불이 반짝인다. 노세, 노세, 젊어서 놀아. 노랫소리는 나직나직 한산히 흘러온다. 아마 벼를 뒷심대고 외상이리라. 응칠이는 잠자코 벌떡 일어나 바깥으로 나섰다. 그리고 다 나와서야 그 집 친구에게 눈치를 안채이도록,

"내 잠깐 다녀옴세!"

"어딜 가나?"

---

37) 조기다: 마구 두들기거나 패다.
38) 깍다귀: 각다귀(남의 것을 뜯어먹고 사는 사람을 비유적으로 이르는 말).

친구는 웬 영문을 몰라서 뻔히 쳐다보다 밤이 이렇게 늦었으니 나갈 생각 말고 어여 이리 들어와 자라 하였다. 기껏 둘이 앉아서 개코쥐코 떠들다가 갑자기 일어서니까 꽤 이상한 모양이었다.

"건너 마을 가 담배 한 봉 사올라구."

"담배 여깄는데 또 사 뭐 하나?"

친구는 호주머니에서 굳이 연봉을 꺼내어 손에 들어 보이더니,

"이리 들어와 섬[39]이나 좀 쳐주게."

"아 참, 깜빡……."

하고 응칠이는 미안스러운 낯으로 뒤통수를 긁적긁적한다. 하기는 섬을 좀 쳐달라고 며칠째 당부하는 걸 노름에 몸이 팔려 그만 잊고잊고 했던 것이다. 먹고 자고 이렇게 신세를 지면서 이건 썩 안됐다 생각은 했지만,

"내 곧 다녀올걸 뭐."

어정쩡하게 한마디 남기곤 그 집을 뒤에 남긴다. 그러나 이 친구는,

"그럼, 곧 다녀오게!"

하고 때를 재치는[40] 법은 없었다. 언제나 여일[41]같이,

"그럼 잘 다녀오게!"

39) 섬: 곡식 따위를 담기 위하여 짚으로 엮어 만든 그릇.
40) 재치다: 재우치다(빨리 몰아치거나 재촉하다)의 북한어.
41) 여일하다: 처음부터 끝까지 한결같다.

이렇게 그 신상만 편하기를 비는 것이다. 응칠이는 모든 사람이 저에게 그 어떤 경의를 갖고 대하는 것을 가끔 느끼고 어깨가 으쓱거린다. 백판 모르는 사람도 데리고 앉아서 몇 번 말만 좀 하면 대뜸 구부러진다. 그렇게 장한 것인지 그 일을 하다가, 그 일이라야 도적질이지만, 들어가 욕보던 이야기를 하면 그들은 눈을 커다랗게 뜨고,

"아이구, 그걸 어떻게 당하셨수!"

하고 적이 놀라면서도,

"그래 그 돈은 어떡했수?"

"또 그럴 생각이 납디까요?"

"참, 우리 같은 농군에 대면 호강살이유!"

하고들 한편 썩 부러운 모양이었다. 저들도 그와 같이 진탕 먹고 살고는 싶으나 주변 없어 못 하는 그 울분에서 그런 이야기만 들어도 다소 위안이 되는 것이다. 응칠이는 이걸 잘 알고 그 누구를 논에다 거꾸로 박아 놓고 달아나다가 붙들리어 경치던 이야기를 부지런히 하며,

"자네들은 안적 멀었네, 멀었어."

하고 흰소리를 치면 그들은, 옳다는 뜻이겠지, 묵묵히 고개만 끄떡끄떡하며 속없이 술을 사주고 담배를 사주고 하는 것이다. 그런데 이번 벼를 훔쳐 간 놈은 응칠이를 마구 넘보는 모양 같다. 이렇게 생각하면 응칠이는 더욱 괘씸하였다. 그는 물푸레 몽둥이를 벗삼아 논둑길을 질러서 산으로 올라간다.

이슥한 그믐 칠야.

길은 어둡고 흐릿한 언저리만 눈앞에 아물거린다. 그 논까지 칠 마장은 느긋하리라. 이 마을을 벗어나는 어귀에 고개 하나를 넘는다. 또 하나를 넘는다. 그러면 그 다음 고개와 고개 사이에 수목이 울창한 산중턱을 비겨 대고 몇 마지기의 논이 놓였다. 응오의 논은 그 중의 하나이었다. 길에서 썩 들어앉은 곳이라 잘 뵈도 않는다. 동리에 그런 소문이 안 났을 때에는 천행으로 본 놈이 없을 것이나 반드시 성팔이의 성행임에는…….

응칠이는 공동묘지의 첫 고개를 넘었다. 그리고 다음 고개의 마루턱에 올라섰을 때 다리가 주춤하였다. 저 왼편 높은 산고랑에서 불이 반짝 하다 꺼진다. 짐승불로는 너무 흐리고……. 아—하, 이놈들이 또 왔군. 그는 가던 길을 옆으로 새었다. 더듬더듬 나뭇가지를 짚으며 큰 산으로 올라간다. 바위는 미끄러 내리며 발등을 찧는다. 딸기 가시에 종아리는 따갑고 엉금엉금 기어서 바위를 끼고 감돈다.

산, 거반 꼭대기에 바위와 바위가 어깨를 겯고 움쑥 들어간 굴이 있다. 풀들은 뻗치어 굴 문을 막는다. 그 속에 돌아앉아서 다섯 놈이 머리를 맞대고 수군거린다. 불빛이 샐까 염려다. 남폿불을 얕이 달아 놓고 몸들을 바싹바싹 여미어 가리운다.

"어서 후딱후딱 쳐, 갑갑해서 원."

"이번엔 누가 빠지나?"

"이 사람이지 뭘 그래."

"다시 섞어, 어서 이 따위 수작이야."

하고 한 놈이 골을 내고 화투를 빼앗아 제 손으로 섞다가 깜짝 놀란다. 그리고 버썩 대드는 응칠이를 벙벙히 쳐다보며 얼뚤한다. 그들은 응칠이가 오는 것을 완고척이 싫어하는 눈치였다. 이런 애송이 노름판인데 응칠이를 들였다가는 맥을 못 쓸 것이다. 속으로는 되우 꺼렸지마는 그렇다고 응칠이의 비위를 건드림은 더욱 좋지 못하므로,

"아, 응칠인가, 어서 들어오게."

하고 선웃음을 치는 놈에,

"난 올 듯하기에, 자넬 기다렸지."

하며 어수 대는 놈,

"하여튼 한케 떠보세."

이놈들은 손을 잡아들이며 썩들 환영이었다. 응칠이는 그 속으로 들어서며 무서운 눈으로 좌중을 한번 훑어보았다. 그런데 재성이도 그 틈에 끼여 있는 것이 아닌가. 사날 전만 해도 응칠이더러 먹을 양식이 없으니 돈 좀 취하라던 놈이 의심이 부썩 일었다. 도둑이란 흔히 이런 노름판에서 씨가 퍼진다. 그 옆으로 기호도 앉았다. 이놈은 며칠 전 제 계집을 팔았다. 그 돈으로 영동 가서 장사를 하겠다던 놈이 노름을 왔다. 제깐 주제에 딸 듯싶은가. 하나는 용구. 농사엔 힘 안 쓰고 노름에 몸이 달았다. 시키는 부역도 안 나온다고 동리에

서 손도[42]를 맞을 놈이다. 그리고 남의 집 머슴 녀석. 뽐을 내고 멋없이 점잔을 피우는 중늙은이 상투쟁이, 이 물건은 어서 날아왔는지 보지도 못하던 놈이다. 쳇 이것들이 뭘 한다구! 응칠이는 기호의 등을 꾹 찔러 가지고 밖으로 나왔다. 외딴 곳으로 데리고 와서,

"자네 돈 좀 없겠나?"

하고 돌아서다가,

"웬걸 돈이 어디……."

눈치만 남고 어름어름하니,

"아내와 갈렸다지, 그 돈 다 뭐 했나?"

"아 이 사람아, 빚 갚았지!"

기호는 눈을 내리깔며 매우 거북한 모양이다. 오른편 엄지로 한 코를 막고 흥 하고 내뿜더니 이번 빚에 졸리어 죽을 뻔했네 하고 묻지 않는 발뺌까지 얹어서 설대로 등어리를 긁죽긁죽한다. 그러나 응칠이는 속으로 이놈, 하였다. 응칠이는 실눈을 뜨고 기호를 유심히 쏘아 주었더니,

"꼭 사 원 남았네."

하고 선뜻 알리고,

"빚 갚고 뭣 하고 흐지부지 녹았어."

어색하게도 혼자말로 우물쭈물 웃어 버린다.

---

42) 손도: 도덕적으로 잘못한 사람을 그 지역에서 내쫓음.

응칠이는 퉁명스러이,

"나 이 원만 최게."

하고 손을 내대다 그래도 잘 듣지 않으매,

"따서 둘이 노눌 테야, 누가 떼먹나."

하고 소리가 한번 빽 아니 나올 수 없다. 이 말에야 기호도 비로소 안심한 듯, 저고리 섶을 쳐들고 훔척거리다 쭈삣쭈삣 꺼내 놓는다. 딴은 응칠이의 솜씨면 낙자는 없을 것이다. 설혹 재간이 모자라 잃는다면 우격이라도 도로 몰아갈 테니깐.

"나두 한케 떠보세."

응칠이는 우좌스레[43] 굴로 기어든다. 그 콧등에는 자신 있는 그리고 흡족한 미소가 떠오른다. 사실이지 노름만큼 그를 행복하게 하는 건 다시 없었다. 슬프다가도 화투나 투전장을 손에 들면 공연스레 어깨가 으쓱거리고 아무리 일이 바빠도 노름판은 옆에 못 두고 지난다. 그는 이놈 저놈의 눈치를 슬쩍 한번 훑고,

"두 패루 너누지?"

응칠이는 재성이와 용구를 데리고 한옆으로 비켜 앉았다. 그리고 신바람이 나서 화투를 섞다가 손을 따악 짚으며,

"퉈전이래지 이깐 화투는 하튼 뭘 할 텐가, 녹빼킨가 켤텐가?"

"약단이나 그저 보지!"

43) 우좌스레: 우자스레(보기에 어리석은 데가 있게).

사방은 매섭게 조용하였다. 바위 위에서 혹 바람에 모래 구르는 소리뿐이다. 어쩌다,

"옜다 봐라."

하고 화투짝이 쩔꺽, 한다. 그리곤 다시 쥐죽은 듯 잠잠하다. 그들은 이욕에 몸이 달아서 이야기고 뭐고 할 여지가 없다. 행여 속지나 않는가 하여 눈들이 빨개서 서로 독을 올린다. 어떤 놈이 뜯는 놈이고 어떤 놈이 뜯기는 놈인지 영문 모른다. 응칠이가 한 장을 내던지고 명월 공산을 보기 좋게 떡 젖혀 놓으니,

"이거 왜 수짜질이야!"

용구는 골을 벌컥 내며 쳐다본다.

"뭐가?"

"뭐라니, 아, 이 공산 자네 밑에서 빼내지 않았나?"

"봤으면 고만이지 그렇게 노할 건 또 뭔가!"

응칠이는 어설피 입맛을 쩍쩍 다시다,

"그럼 이번엔 파토지?"

하고 손의 화투를 땅에 내던지며 껄껄 웃어 버린다. 이때 한옆에서 별안간,

"이 자식, 죽인가!"

악을 쓰는 것이니 모두들 놀라며 시선을 몬다. 머슴이 마주 앉은 상투의 뺨을 갈겼다. 말인즉 매조 다섯 끗을 엎어 쳤다고 하나 정말은 돈을 잃은 것이 분한 것이다. 이 돈이 무슨 돈이냐 하면 일 년 품

을 판 피 묻은 사경이다. 이런 돈을 송두리 먹히다니.

"이 자식, 너는 야마시(사기)꾼이지. 돈 내라."

멱살을 훔켜잡고 다시 두 번을 때린다.

"허, 이놈이 왜 이러누, 어른을 몰라보고."

상투는 책상다리를 잡숫고 허리를 쓰윽 펴더니 점잖이 호령한다. 자식뻘 되는 놈에게 뺨을 맞는 건 말이 좀 덜 된다. 약이 올라서 곧 일을 칠 듯이 엉덩이를 번쩍 들었으나 그러나 그대로 주저앉고 말았다. 악에 바짝 받친 놈을 건드렸다가는 결국 이쪽이 손해다. 더럽단 듯이 허, 허 웃고,

"버릇없는 놈 다 봤고!"

하고 꾸짖은 것은 잘됐으나 기어이 어이쿠, 하고 그 자리에 푹 엎으러진다. 이마가 터져서 피가 흘렀다. 어느 틈엔가 돌멩이가 날아와 이마의 가죽을 터친 것이다.

응칠이는 싱글거리며 굴을 나섰다. 공연스레 쑥스럽게 일이나 벌어지면 성가신 노릇이다. 그리고 돈 백이나 될 줄 알았더니 다 봐야 한 사십 원 될까 말까. 그걸 바라고 어느 놈이 앉아있는가. 그가 딴 것은 본밑을 알라 구 원 하고 팔십 전이다. 기호에게 오 원을 내주고,

"자, 반이 넘네. 자네 계집 잃고 돈 잃고 호강이겠네."

농담으로 비웃어 던지고는 숲속으로 설렁설렁 내려온다.

"여보게, 자네에게 청이 있네."

재성이 목이 말라서 바득바득 따라온다. 그 청이란 묻지 않아도 알 수 있었다. 저에게 돈을 다 빼앗기곤 구문이겠지. 시치미를 딱 떼고 나 갈 길만 걷는다.

"여보게 응칠이, 아, 내 말 좀 들어!"

그제는 팔을 잡아낚으며 살려 달라 한다. 돈을 좀 늘릴까 하고 벼열 말을 팔아 해보았더니 다 잃었다고. 당장 먹을 게 없어 죽을 지경이니 노름 밑천이나 하게 몇 푼 달라는 것이다. 그러나 벼를 털었으면 그저 먹을 것이지 어쭙잖게 노름은…….

"그런 걸 왜 너보고 하랬어?"

하고 돌아서며 소리를 빽 지르다가 가만히 보니 눈에 눈물이 글썽하다. 잠자코 돈 이 원을 꺼내 주었다.

응칠이는 돌에 앉아서 팔짱을 끼고 덜덜 떨고 있다. 사방은 빽— 돌리어 나무에 둘러싸였다. 거무튀튀한 그 형상이 헐 없이 무슨 도깨비 같다. 바람이 불적마다 쏴— 하고 쏴— 하고 음충맞게 건들거린다. 어느 때에는 짹, 짹 하고 목을 따는지 비명도 울린다. 그는 가끔 뒤를 돌아보았다. 별일은 없을 줄 아나 호옥 뭐가 덤벼들지도 모른다. 서낭당은 바로 등 뒤다. 족제빈지 뭔지, 요동 통에 돌이 무너지며 바스락바스락한다. 그 소리가 묘하게도 등줄기를 쪼옥 긁는다. 어두운 꿈속이다. 하늘에서 이슬은 내리어 옷깃을 축인다. 공포도 공포려니와 냉기로 하여 좀체로 견딜 수가 없었다.

산골은 산신까지도 주렸으렷다. 아들 낳아 달라고 떡 갖다 바칠이 없을 테니까. 이놈의 영감님 홧김에 덥석 달려들면. 앞뒤를 다시 한 번 휘돌아본 다음 설대[44]를 뽑는다. 그리고 오금팽이로 불을 가리고는 한 대 빽빽 피워 물었다. 논은 여남은 칸 떨어져 그 아래 누웠다. 일심정기[45]를 다하여 나무 틈으로 뚫어보고 앉았다. 그러나 땅에 대를 털려니까 풀숲이 이상스러이 흔들린다. 뱀, 뱀이 아닌가. 구시월 뱀이라니 물리면 고만이다. 자리를 옮겨 앉으며 손으로 입을 막고 하품을 터친다.

아마 두어 시간은 더 넘었으리라. 이놈이 필연코 올 텐데 안 오니 또 무슨 조활까. 이 짓이란 소문이 나기 전에 한 번 더 와 보는 것이 원칙이다. 잠을 못 자서 눈이 뻑뻑한 것이 제물에 슬금슬금 감긴다. 이를 악물고 눈을 뒵쓰면 이번에는 허리가 노글거린다. 속은 쓰리고 골치는 때리고. 불꽃같은 노기가 불끈 일어서 몸을 옥죄인다. 이놈의 다리를 못 꺾어 놔도 애비 없는 후레자식이겠다.

닭들이 세 홰를 운다. 멀—리 산을 넘어오는 그 음향이 퍽은 서글프다. 큰 비를 몰아드는지 검은 구름이 잔뜩 낀다. 하긴 지금도 빗방울이 뚝, 뚝, 떨어진다. 그때 논둑에서 희끄무레한 허깨비 같은 것이 얼씬거린다. 정신을 바짝 차렸다. 영락없이 성팔이, 재성이 그들 중의 한 놈이리라. 이 고생을 시키는 그놈! 이가 북북 갈리고 어깨가 다 식식거린다. 몽둥이를 잔뜩 우려 잡았다. 그리고 벌떡 일어나서

44) 설대: 담배설대(담배통과 물부리 사이에 끼워 맞추는 가느다란 대).
45) 일심정기: 천도교에서, 한결같은 마음과 바른 기운을 이르는 말.

나무줄기를 끼고 조심조심 돌아내린다. 하나 도랑쯤 내려오다가 그는 멈씰하여 몸을 뒤로 물렸다. 늑대 두 놈이 짝을 짓고 이편 산에서 저편 산으로 설렁설렁 건너가는 길이었다. 빌어먹을 늑대, 이것까지 말썽이람. 이마의 식은땀을 씻으며 도로 제자리로 돌아온다. 어쩌면 이번 이놈도 재작년 강도 짝이나 안 될는지. 급시로 불길한 예감이 뒤통수를 탁 치고 지나간다.

그는 옷깃을 여미어 한 대를 더 붙였다. 돌연히 풍세는 심하여진다. 산골짜기로 몰아드는 억센 놈이 가끔 발광이다. 다시금 더르르 몸을 떨었다. 가을은 왜 이 지경인지. 여기에서 밤새울 생각을 하니 기가 찼다.

얼마나 되었는지 몸을 좀 녹이고자 일어나서 서성서성할 때이었다. 논으로 다가오는 희미한 그림자를 분명히 두 눈으로 보았다. 그리고 보니 피로고, 한고이고 다 딴소리다. 고개를 내대고 딱 버티고 서서 눈에 쌍심지를 올린다. 흰 그림자는 어느 틈엔가 어둠 속에 사라져 보이지 않는다. 그리고 다시 나올 줄을 모른다.

바람 소리만 왱, 왱, 칠 뿐이다. 다시 암흑 속이 된다. 확실히 벼를 훔치러 논 속으로 들어갔을 것이다. 여깽이 같은 놈이 궂은 날 새를 기회삼아 맘껏 하겠지. 의리 없는 썩은 자식, 격장에서 같이 굶는 터에……. 오냐 대거리만 있거라. 이를 한번 부드득 갈아붙이고 차츰차츰 논께로 내려온다. 응칠이는 논께로 바특이[46] 내려서서 소나무

46) 바특하다: 두 대상이나 물체 사이가 조금 가깝다.

에 몸을 착 붙였다. 선불리 서둘다간 남의 횡액을 입을지도 모른다. 다 훔쳐 가지고 나올 때만 기다린다. 몸뚱이는 잔뜩 힘을 올린다.

한 식경쯤 지났을까, 도적은 다시 나타난다. 논둑에 머리만 내놓고 사면을 두리번거리더니 그제야 기어 나온다. 얼굴에는 눈만 내놓고 수건인지 뭔지 헝겊이 가리었다. 봇짐을 등에 짊어 메고는 허리를 구붓이 뺑손을 놓는다. 그러자 응칠이가 날쌔게 달려들며,

"이 자식, 남의 벼를 훔쳐 가니!"

하고 대포처럼 고함을 지르니 논둑으로 고대로 데굴데굴 굴러서 떨어진다. 얼결에 호되게 놀란 모양이다. 응칠이는 덤벼들어 우선 허리께를 내려 조겼다. 어이쿠쿠, 쿠— 하고 처참한 비명이다. 이 소리에 귀가 번쩍 띄어서 그 고개를 들고 팔부터 벗겨 보았다. 그러나 너무나 어이가 없었음인지 시선을 치걷으며 그 자리에 우두망찰한다.

그것은 무서운 침묵이었다. 살뚱맞은 바람만 공중에서 북새를 논다. 한참을 신음하다 도적은 일어나더니,

"성님까지 이렇게 못살게 굴기유?"

제법 눈을 부라리며 몸을 홱 돌린다. 그리고 느끼며 울음이 복받친다. 봇짐도 내버린 채,

"내 것 내가 먹는데 누가 뭐래?"

하고 데퉁스러이 내뱉고는 비틀비틀 논 저쪽으로 없어진다. 형은 너무 꿈속 같아서 멍하니 섰을 뿐이다. 그러다 얼마 지나서 한 손으

로 그 봇짐을 들어 본다. 가뿐하니 끽 말가웃[47]이나 될는지. 이까짓 걸 요렇게까지 해가려는 그 심정은 실로 알 수 없다. 벼를 논에다 도로 털어 버렸다. 그리고 아내의 치마이겠지, 검은 보자기를 척척 개서 들었다. 내 걸 내가 먹는다……. 그야 이를 말이랴. 하나 내 걸 내가 훔쳐야 할 그 운명도 얄궂거니와 형을 배반하고 이 짓을 벌인 아우도 아우렷다. 에—이 고얀 놈, 할 제 볼을 적시는 것은 눈물이다. 그는 주먹으로 눈물을 쓱, 비비고 머리에 번쩍 떠오르는 것이 있으니 두레두레한 황소의 눈깔. 시오 리를 남쪽 산으로 들어가면 어느 집 바깥뜰에 밤마다 늘 매여 있는 투실투실한 그 황소. 아무렇게 따지든 칠십 원은 갈 데 없으리라. 그는 부리나케 아우의 뒤를 밟았다.

공동묘지까지 거반 왔을 때에야 가까스로 만났다. 아우의 등을 탁 치며,

"얘, 좋은 수 있다. 네 원대로 돈을 해줄게 나하구 잠깐 다녀오자."

씩씩한 어조로 기쁘도록 달랬다. 그러나 아우는 입 하나 열려 하지 않고 그대로 실쭉하였다. 뿐만 아니라 어깨 위에 올려놓은 형의 손을 부질없단 듯이 몸으로 털어 버린다. 그리고 삐익 달아난다. 이걸 보니 하 엄청나고 기가 콱 막히었다.

"이눔아!"

47) 말가웃: 한 말 반쯤의 분량.

하고 악에 받치어,

"명색이 성이라며?"

대뜸 몽둥이는 들어가 그 볼기짝을 후려갈겼다. 아우는 모로 몸을 꺾더니 시나브로 찌그러진다. 뒤미처 앞정강이를 때리고 등을 팼다. 일어나지 못할 만치 매는 내리었다. 체면을 불고하고 땅에 엎드리어 엉엉 울도록 매는 내리었다.

홧김에 하긴 했으되 그 꼴을 보니 또한 마음이 편할 수 없다. 침을 퇴, 뱉어 던지곤 팔자 드신 놈이 그저 그렇지 별수 있나, 쓰러진 아우를 일으키어 등에 업고 일어섰다. 언제나 철이 날는지 딱한 일이었다. 속 썩는 한숨을 후— 하고 내뿜는다. 그리고 어청어청 고개를 묵묵히 내려온다.

《조선일보(1935. 7.)》

김유정 단편선

금따는 콩밭

금따는 콩밭

땅속 저 밑은 늘 음침하다.

고달픈 간드렛불. 맥없이 푸리끼하다. 밤과 달라서 낮엔 되우 흐릿하였다. 겉으로 황토 장벽으로 앞뒤좌우가 콱 막힌 좁직한 구뎅이. 흡사히 무덤 속같이 귀중중하다. 싸늘한 침묵 쿠더브레한 흙내와 징그러운 냉기만이 그 속에 자욱하다. 곡괭이는 뻔찔 흙을 이르집는다. 암팡스러히 나려 쪼며 퍽 퍽 퍽―. 이렇게 메떠러진 소리뿐 그러나 간간 우수수하고 벽이 헐린다. 영식이는 일손을 놓고 소맷자락을 끌어당기어 얼굴의 땀을 훑는다. 이놈의 줄이 언제나 잡힐는지 기가 찼다. 흙 한 줌을 집어 코밑에 바짝 드려대고 손가락으로 샅샅이 뒤져본다. 완연히 버력[1]은 좀 변한 듯싶다. 그러나 불퉁 버력이 아주 다 풀린 것도 아니었다. 말똥 버력이라야 금이 온다는데 왜 이리 안 나오는지.

곡괭이를 다시 집어 든다. 땅에 무릎을 꿇고 궁뎅이를 번쩍 든 채

1) 버력: 광석이나 석탄을 캘 때 나오는, 광물 성분이 섞이지 않은 잡돌.

씩씩거린다. 곡괭이를 무작정 내려찍는다. 바닥에서 물이 스미어 무르팍이 홍건히 젖었다. 굿[2] 엎은 천판에서 흙 방울은 내리며 목덜미로 굴러든다. 어떤 때에는 윗벽의 한쪽이 떨어지며 등을 탕 때리고 부서진다.

그러나 그는 눈도 하나 깜짝하지 않는다. 금을 캔다고 콩밭 하나를 다 잡쳤다. 약이 올라서 죽을 둥 살 둥, 눈이 뒤집힌 이 판이다. 손바닥에 침을 탁 뱉고 곡괭이 자루를 한번 고쳐 잡더니 쉴 줄 모른다.

등 뒤에서는 흙 긁는 소리가 드윽드윽 난다. 아직도 버력을 다 못 친 모양. 이 자식이 일을 하나 시주를 하나. 남은 속이 바적 타는데 웬 뱃심이 이리도 좋아.

영식이는 살기 띠인 시선으로 고개를 돌렸다. 암말 없이 수재를 노려본다. 그제야 꾸물꾸물 바지게에 흙을 담고 등에 메고 사다리를 올라간다. 굿이 풀리는지 벽이 우찔하였다. 흙이 부서져 내린다. 전날이라면 이곳에서 안 해 한번 못 하고 생죽음이나 안 할까 털끝까지 쭈뼛할게다. 그러나 인젠 그렇게 되고도 싶다. 수재란 놈하고 흙더미에 묻히어 한꺼번에 죽는다면 그게 오히려 나을게다. 이렇게까지 몹시몹시 미웠다.

이놈 풍찌는 바람에 애꿎은 콩밭 하나만 결딴을 냈다. 뿐만 아니

2) 굿: 구덩이.

라 모두가 낭패다 세 벌 논도 못 맸다. 논둑의 풀은 성큼 자란 채 어지러이 늘어져 있다. 이 기미를 알고 지주는 대로[3]하였다. 내년부터는 농사 질 생각 말라고 발을 굴렀다. 땅은 암만을 파도 지수가 없다. 이만해도 다섯 길은 훨씬 넘었으리라. 좀 더 지펴야 옳을지 혹은 북으로 밀어야 옳을지 우두머니 망설거린다. 금점[4] 일에는 푸뚤이다. 여태껏 수재의 지휘를 받아 일을 하여왔고 앞으로도 역시 그러해야 금을 딸 것이다. 그러나 그런 칙칙한 짓은 안 한다.

"이리 와 이것 좀 파게."

그는 엇서는[5] 위풍을 보이며 이렇게 분부하였다. 그리고 저는 일어나 손을 털며 뒤로 물러선다. 수재는 군말 없이 고분하였다. 시키는 대로 땅에 무릎을 꿇고 벽채로 군버력을 긁어 낸 다음 다시 파기 시작한다.

영식이는 치다 나머지 버력을 짊어진다. 커다란 걸때를 뒤툭거리며 사다리로 기어오른다. 굿문을 나와 버력더미에 흙을 마악 내칠랴 할 제,

"왜 또 파. 이것들이 미쳤나 그래—.

산에서 나려오는 마름과 맞닥뜨렸다. 정신이 떠름하야 그대로 벙벙이 섰다. 오늘은 또 무슨 포악을 들을랴는가.

---

3) 대로: 크게 화를 냄.
4) 금점: 금광(금을 캐내는 광산).
5) 엇서다: 양보하거나 수그리지 않고 맞서다.

"말라닌깐 왜 또 파는 게야."

하고 영식이의 바지게 뒤를 지팡이로 콱 찌르더니,

"갈아먹으라는 밭이지 흙 쓰고 들어가라는 거야. 이 미친것들아. 콩밭에서 웬 금이 나온다구 이 지랄들이야 그래."

하고 목에 핏대를 올린다. 밭을 버리면 간수 잘못한 자기 탓이다. 날마다 와서 그 북새를 피고 금하여도 담날 보면 또 여전히 파는 것이다.

"오늘로 이 구뎅이를 도로 묻어놔야지 낼로 당장 징역 갈 줄 알게."

너무 감정에 격하여 말도 잘 안 나오고 떠듬떠듬 걸린다. 주먹은 곧 날아들 듯이 허구리께서 불불 떤다.

"오늘만 좀 해보고 고만두겠어유."

영식이는 낯이 붉어지며 가까스로 한마디 하였다. 그리고 무턱대고 빌었다. 마름은 들은 척도 안 하고 가버린다. 그 뒷모양을 영식이는 멀거니 배웅하였다. 그러나 콩밭 낯짝을 들여다보니 무던히 애통터진다. 멀쩡한 밭에가 구멍이 사면 풍풍 뚫렸다.

예제없이 버력은 무데기무데기 쌓였다. 마치 사태 만난 공동묘지와도 같이 귀살적고[6] 되우 을씨년스럽다. 그다지 잘 되었든 콩 포기는 거반 버력더미에 다 깔려버리고 군데군데 어쩌다 남은 놈들만이 고개를 나풀거린다. 그 꼴을 보는 것은 자식 죽는 걸 보는 게 낫지

6) 귀살적다: 일이나 물건 따위가 마구 얼크러져 정신이 뒤숭숭하거나 산란하다.

차마 못 할 경상[7]이었다. 농토는 모조리 떨어질 것이다. 그러나 대관절 올 밭도지 베 두 섬 반은 뭘로 해내야 좋을지. 게다 밭을 망쳤으니 자칫하면 징역을 갈는지도 모른다. 영식이가 구뎅이 안으로 들어왔을 때 동무는 땅에 주저앉아 쉬고 있었다. 태연무심이 담배만 뻑 뻑 피는 것이다.

"언제나 줄을 잡는 거야."

"인제 차차 나오겠지."

"인제 나온다."

하고 코웃음 치고 엇먹더니[8] 조금 지나매,

"이 새끼."

흙덩이를 집어 들고 골통을 내려친다. 수재는 어쿠 하고 그대로 푹 엎드린다. 그러다 뻘떡 일어선다. 눈에 띄는 대로 곡괭이를 잡자 대뜸 달겨들었다. 그러나 강약이 부동. 왁살스러운 팔뚝에 튕겨져 벽에 가서 쿵 하고 떨어졌다. 그 순간에 제가 빼앗긴 곡괭이가 정수리를 겨누고 날아드는 걸 보았다. 고개를 홱 돌린다. 곡괭이는 흙벽을 퍽 찍고 다시 나간다.

수재 이름만 들어도 영식이는 이가 갈렸다. 분명히 홀딱 속은 것이다. 영식이는 본디 금점에 이력이 없었다. 그리고 흥미도 없었다.

---

7) 경상: 조금 다침. 또는 그 상처.
8) 엇먹다: 사리에 맞지 않는 말과 행동으로 비꼬다.

다만 밭고랑에 웅크리고 앉아서 땀을 흘려가며 꾸벅꾸벅 일만 하였다. 올엔 콩도 뜻밖에 잘 열리고 맘이 좀 놓였다. 하루는 홀로 김을 매고 있노라니까,

"여보게 덥지 않은가. 좀 쉬었다 하게."

고개를 들어보니 수재다. 농사는 안 짓고 금점으로만 돌아다니더니 무슨 바람에 또 왔는지 싱글벙글한다. 좋은 수나 걸렸나 하고,

"돈 좀 많이 벌었나. 나 좀 줘주게."[9]

"벌구 말구. 맘껏 먹고 맘껏 쓰고 했네."

술에 거나한 얼굴로 한껏 주적거린다. 그리고 밭머리에 쭈그리고 앉아 한참 객설을 부리더니,

"자네 돈벌이 좀 안 할려나. 이 밭에 금이 묻혀있네 금이……."

"뭐?"

하니까, 바로 이 산 넘어 큰 골에 광산이 있다. 광부를 삼백여 명이나 부리는 노다지판인데 매일 소출되는 금이 칠십 냥을 넘는다. 돈으로 치면 칠천 원. 그 줄 맥이 큰 산 허리를 뚫고 이 콩밭으로 뻗어 나왔다는 것이다. 둘이서 파면 불과 열흘 안에 줄을 잡을 게고 적어도 하루 서 돈 씩은 따리라. 우선 삼십 원만 해두 얼마냐. 소를 산대두 반 필이 아니냐고.

그러나 영식이는 귀담아듣지 않았다. 금점이란 칼 물고 뜀뛰기다.

---

9) 줘주다: 꿔어주다(돈 따위를 나중에 받기로 하고 빌려 주다)의 방언.

잘되면이어니와 못 되면 신세만 조판다.[10] 이렇게 전일부터 들은 소리가 있어서였다. 그 담날도 와서 찌송거리다 갔다. 셋째 번에는 집으로 찾아왔는데 막걸리 한 병을 손에 떡 들고 영을 피운다. 몸이 달아서 또 온 것이었다. 봉당에 걸터앉아서 저녁상을 물끄러미 바라보드니 조당수[11]는 몸을 훑인다는 둥 일꾼은 든든히 먹어야 한다는 둥 남들은 논을 사느니 밭을 사느니 떠드는데 요렇게 지내다 그만 둘 테냐는 둥 일쩌웁게[12] 지절거린다.

"아주머니 이것 좀 먹게 해주시게유."

그리고 비로소 영식이 아내에게 술병을 내놓는다. 그들은 밥상을 끼고 앉아서 즐거웁게 술을 마셨다. 몇 잔이 들어가고 보니 영식이의 생각도 적이 돌아섰다. 따는 일 년 고생하고 끽 콩 몇 섬 얻어먹느니보다는 금을 캐는 것이 슬기로운 짓이다. 하루에 잘만 캔다면 한 해 줄 것 공 들인 그 수확보다 훨씬 이익이다. 올봄 보낼 제 비료값 품삯 빚해 빚진 칠 원 까닭에 나날이 졸리는 이 판이다. 이렇게 지지하게 살고 말 바에는 차라리 가루지나 세루지나 사내자식이 한 번 해볼 것이다.

"낼부터 우리 파보세. 돈만 있으면이야 그까짓 콩은."

수재가 안달스러이 재우쳐 보채일 제 선뜻 응낙하였다.

---

10) 조파다: 나빠지다. 망치다.
11) 조당수: 좁쌀을 물에 불린 다음 갈아서 묽게 쑨 음식.
12) 일쩝다: 일거리가 되어 귀찮거나 불편하다.

"그래보세. 빌어먹을 거 안 됨 고만이지."

그러나 꽁무니에서 죽을 마시고 있던 아내가 허구리를 쿡쿡 찔렀게 망정이지 그렇지 않았으면 좀 주저할 뻔도 하였다. 아내는 아내대로의 셈이 빨랐다. 시체[13]는 금점이 판을 잡았다. 선부르게 농사만 짓고 있다간 결국 비렁뱅이밖에는 더 못 된다. 얼마 안 있으면 산이고 논이고 밭이고 할 것 없이 다 금장이 손에 구멍이 뚫리고 뒤집히고 뒤죽박죽이 될 것이다. 그때는 뭘 파먹고 사나. 자 보아라. 머슴들은 짜기나 한 듯이 일하다 말고 훅닥하면 금점으로들 내빼지 않는가. 일꾼이 없어서 올핸 농사를 질 수 없느니 마느니하고 동리에서는 떠들썩하다. 그리고 번동[14] 토농이[15]조차 호미를 내어던지고 강변으로 개울로 사금을 캐러 달아난다. 그러다 며칠 뒤에는 다비신에다 옥당목을 걸치고 히짜를 뽑는 것이 아닌가.

아내는 콩밭에서 금이 날 줄은 아주 꿈밖이었다. 놀래고도 또 기뻤다. 올해는 노상 침만 삼키든 그놈 코다리(명태)를 짜증[16] 먹어 보겠구나만 하여도 속이 메질 듯이 짜릿하였다. 뒷집 양근댁은 금점덕택에 남편이 사다준 흰 고무신을 신고 나릿나릿 걷는 것이 무척 부러웠다. 저도 얼른 금이나 펑펑 쏟아지면 흰 고무신도 신고 얼굴에 분도 바르고 하리라.

---

13) 시체: 그 시대의 풍습 · 유행을 따르거나 지식 따위를 받음. 또는 그런 풍습이나 유행.
14) 번동: 본동(이 동네).
15) 토농이: 한곳에 붙박이로 살며 농사를 짓는 사람.
16) 짜증: 과연 정말.

"그렇게 해보지 뭐. 저 양반 하잔 대로만 하면 어련히 잘 될라구……."

얼뚤하여 앉아있는 남편을 이렇게 추켜든 것이다.

동이 트기 무섭게 콩밭으로 모였다. 수재는 진언이나 하는 듯이 이리 대고 중얼거리고 저리 대고 중얼거리고 하였다. 그리고 덤벙거리며 이리 왔다가 저리 왔다가 하였다. 제 딴은 땅속에 누운 줄맥을 어림하여 보는 맥이었다.

한참을 밭을 헤매다가 산 쪽으로 붙은 한구석에 딱 서며 손가락을 펴 들고 설명한다. 큰 줄이란 번시 산운. 산을 끼고 도는 법이다. 이 줄이 노다지임에는 필시 이쪽으로 버듬이[17] 누었으리라. 그러니 여기서부터 파들어가자는 것이었다.

영식이는 그 말이 무슨 소린지 새기지는 못했다마는 금점에서는 난다는 수재이니 그 말대로 하기만 하면 영락없이 금퇴야 나겠지 하고 그것만 꼭 믿었다. 군말 없이 지시해 받은 곳에다 삽을 푹 꽂고 파헤치기 시작하였다. 금도 금이며 애써 키워온 콩도 콩이었다. 거진 다 자란 허울 멀쑥한 놈들이 삽 끝에 으츠러지고 흙에 묻히고 하는 것이다. 그걸 보는 것은 썩 속이 아팠다. 애틋한 생각이 물밀 때 가끔 삽을 놓고 허리를 구부려서 콩잎의 흙을 털어주기도 하

17) 버듬하다: 버드름하다(조금 큰 물체 따위가 밖으로 약간 벋은 듯하다)의 준말.

였다.

"아 이 사람아 맥쩍게 그건 봐 뭘 해 금을 캐자니깐."

"아니야. 허리가 좀 아파서……"

핀잔을 얻어먹고는 좀 열적었다. 하기는 금만 잘 터져 나오면 이까짓 콩밭쯤이야. 이 밭을 풀어 논도 만들 수 있을 것이다. 눈을 감아 버리고 삽의 흙을 아무렇게나 콩잎 위로 홱홱 내어던진다.

"국으로 땅이나 파먹지 이게 무슨 지랄들이야—."

동리 노인은 뻔찔 찾아와서 귀 거친 소리를 하고 하였다. 밭에 구멍을 셋이나 뚫었다. 그리고 대구 뚫는 길이었다. 금인가 난장을 맞을 건가 그것 때문에 농군은 버렸다. 이게 필연코 세상이 망하려는 증조이리라. 그 소중한 밭에다 구멍을 뚫고 이 지랄이니 그놈이 온전할 겐가. 노인은 제 울화에 지팡이를 들어 삿대질을 아니 할 수 없었다.

"벼락 맞으니. 벼락 맞어—."

"염려 말아유. 누가 알래지유."

영식이는 그럴 적마다 데퉁스리 쏘았다. 골김에 흙을 되는 대로 내꾼지고는 침을 탁 뱉고 구뎅이로 들어간다. 그러나 마음 한구석에는 언제나 끈—하였다. 줄을 찾는다고 콩밭을 통이 뒤집어 놓았다. 그리고 줄이 언제나 나올지 아직 까맣다. 논도 못 매고 물도 못 보고 벼가 어이 되었는지 그것조차 모른다. 밤에는 잠이 안 와 멀뚱허니 애를 태웠다. 수재는 낙담하는 기색도 없이 늘 한량이었다. 땅에 웅숭그리고 시적시적 놀 양으로 땅만 판다.

"줄이 꼭 나오겠나?"

하고 목이 말라서 물으면,

"이번에 안 나오거던 내 목을 베게."

서슴지 않고 장담을 하고는 끗끗하였다. 이걸 보면 영식이도 마음이 좀 놓이는 듯싶었다. 전들 금이 없다면 무슨 맛으로 이 고생을 하랴. 반드시 금은 나올 것이다. 그제서는 이왕 손해는 하릴없거니와 고만두리라든 절망이 스르르 사라지고 다시금 주먹이 쥐여지는 것이었다.

캄캄하게 밤은 어두웠다. 어디선가 뭇 개가 요란이 짖어댄다. 남편은 진흙투성이를 하고 산에서 내려왔다. 풀이 죽어서 몸을 잘 가꾸지도 못하고 아랫목에 축 늘어진다.

이 꼴을 보니 아내는 맥시 다시 풀린다. 오늘도 또 글렀구나. 금이 터지면은 집을 한 채 사간다고 자랑을 하고 왔더니 이내 헛일이었다. 인제 좌기[18]가 나서 낯을 들고 나아갈 염의조차 없어졌다. 남편에게 저녁을 갖다 주고 딱하게 바라본다.

"인젠 꿔온 양식도 다 먹었는데……."

"새벽에 산제를 좀 지낼 텐데 한 번만 더 꿔와."

18) 좌기: 기세가 꺾임. 또는 기세를 꺾음.

남의 말에는 대답 없고 유하게 흘게 늦은[19] 소리뿐 그리고 드러누운 채 눈을 지긋이 감아버린다.

"죽거리두 없는데 산제는 무슨……."

"듣기 싫여 요망 맞은 년 같으니."

이 호통에 아내는 고만 멈씰하였다. 요즘 와서는 무턱대고 공연스리 골만 내는 남편이 영 딱하였다. 환장을 하는지 밤잠도 아니 자고 소리만 빽빽 지르며 덤벼들랴고 든다. 심지어 어린것이 좀 울어도 이 자식 갖다 내꾼지라고 북새를 피는 것이다.

저녁을 아니 먹으므로 그냥 치워버렸다. 남편의 명을 거역키 어려워 양근댁한테로 또다시 안 갈 수 없다. 그간 양식은 줄곧 꾸어다 먹고 갚지도 못하였는데 또 무슨 면목으로 입을 벌릴지 난처한 노릇이었다. 그는 생각 끝에 있는 염치를 보째 쏟아 던지고 다시 한 번 찾아가는 것이다마는 딱 맞닥뜨리어 입을 열고,

"낼 산제를 지낸다는데 쌀이 있어야지유—."

하자니 영 낯이 화끈하고 모닥불이 날아든다. 그러나 그들은 어지간히 착한 사람이었다.

"암 그렇지요. 산신이 벗나면 죽도 그릅니다."

하고 말을 받으며 그 남편은 빙그레 웃는다. 워낙이 금점에 장구 닳아난[20] 몸인 만치 이런 일에는 적잖이 속이 탔었다. 손수 쌀 닷 되

19) 흘게(가) 늦다: 성격이나 하는 짓이 야무지지 못하다.
20) 닳아나다: 갈리거나 오래 쓰여서 어떤 물건이 낡아지거나 크기 따위가 줄어들다.

를 떠다주며,

“산제란 안 지냄 몰라두 이왕 지낼내면 아주 정성껏 해야 됩니다. 산신이란 노하길 잘 하니까유.”

하고 그 비방까지 깨쳐 보낸다. 쌀을 받아 들고 나오며 영식이 처는 고마움보다 먼저 미안에 질리어 얼굴이 다시 빨갰다. 그리고 그들 부부 살아가는 살림이 참으로 참으로 몹시 부러웠다. 양근댁 남편은 날마다 금점으로 감돌며 버력더미를 뒤지고 토록[21]을 주워온다. 그걸 온종일 장판돌에다 갈면은 수가 좋으면 이삼 원 옥아도[22] 칠팔십 전 꼴은 매일 셈이 되는 것이었다. 그러면 쌀을 산다, 필육을 끊는다, 떡을 한다, 장리를 놓는다 한다. 그런데 우리는 왜 늘 요 꼴인지. 생각만 하여도 가슴이 메이는 듯 맥맥한 한숨이 연발을 하는 것이었다.

아내는 집에 돌아와 떡쌀을 담갔다. 낼은 뭘로 죽을 쑤어 먹을는지. 윗목에 웅크리고 앉아서 맞은쪽에 자빠져 있는 남편을 곁눈으로 살짝 할겨본다. 남들은 돌아다니며 잘도 금을 주워 오련만 저 망나니, 제 밭 하나를 다 버려도 금 한 톨 못 주워 오나. 에, 에, 변변치도 못한 사나이. 저도 모르게 얕은 한숨이 거푸 두 번을 터진다.

밤이 이슥하여 그들 양주는 떡을 하러 나왔다. 남편은 절구에 쿵쿵 빻았다. 그러나 체가 없다. 동네를 돌아다니며 빌려 오느라고 아

21) 토록: 광맥의 본래 줄기에서 떨어져 다른 잡석과 함께 광맥의 겉으로 드러나 있는 광석.
22) 옥다: 장사 따위에서 본전보다 밑지다.

내는 다리에 불풍이 났다.

"왜 이리 앉었수. 불 좀 지피지."

떡을 찌다가 얼이 빠져서 멍하니 앉아있는 남편이 밉살스럽다. 남은 이래저래 애를 죄는데 저건 무슨 생각을 하고 저리 있는 건지. 낫으로 삭정이를 탁탁 조겨서 던져 주며 아내는 은근히 훅닥이었다.

닭이 두 홰를 치고 나서야 떡은 되었다. 아내는 시루를 이고 남편은 겨드랑에 자리때기를 꼈다. 그리고 캄캄한 산길을 올라간다. 비탈길을 얼마 올라가서야 콩밭은 놓였다. 전면을 우뚝한 검은 산에 둘리어 막힌 곳이었다. 가생이로[23] 느티 대추나무들은 머리를 풀었다. 밭머리 조금 못 미처 남편은 걸음을 멈추고 뒤의 아내를 돌아본다.

"인내. 그러구 여기 가만히 섰어—."

시루를 받아 한 팔로 껴안고 그는 혼자서 콩밭으로 올라섰다. 앞에 쌓인 것이 모두가 흙더미 그 흙더미를 마악 돌아설랴 할 제 아마 돌을 찼나 보다. 몸이 쓰러질랴고 우찔근 하니 아내는 기겁을 하여 뛰어오르며 그를 부축하였다.

"부정 타라구. 왜 올라와 요망 맞은 년."

남편은 몸을 고루 잡자 소리를 뻑 지르며 아내의 얼빰을 부친다. 가뜩이나 죽으라 죽으라 하는데 불길하게도 계집년이. 그는 마뜩치 않게 투덜거리며 밭으로 들어간다. 밭 한가운데다 자리를 펴고 그

23) 가생이: 가장자리(둘레나 끝에 해당되는 부분)의 방언.

위에 시루를 놓았다. 그리고 시루 앞에다 공손하고 정성스레 재배를 커다랗게 한다.

"우리를 살려줍시사. 산신께서 거들어주지 않으면 저희는 죽을밖에 꼼짝 수 없습니다유."

그는 손을 모으고 이렇게 축원하였다. 아내는 이 꼴을 바라보며 독이 뾰록같이 올랐다. 금점을 합네 하고 금 한 톨 못 캐는 것이 버릇만 점점 글러간다. 그전에는 없더니 요새로 건뜻하면 탕탕 때리는 못된 버릇이 생긴 것이다. 금을 캐랬지 뺨을 치랬나. 제발 덕분에 고놈의 금 좀 나오지 말었으면. 그는 뺨 맞은 앙심으로 맘껏 방자하였다.

하긴 아내의 말 그대로 되었다. 열흘이 썩 넘어도 산신은 깜깜 무소식이었다. 남편은 밤낮으로 눈을 까뒤집고 구뎅이에 묻혀 있었다. 어쩌다 집엘 내려오는 때이면 얼굴이 헐떡하고 어깨가 축 늘어지고 거반 병객이었다. 그리고서 잠자코 커단 몸집을 방고래에다 퀑 하고 내던지고 하는 것이다.

"제이미 붙을. 죽어나 버렸으면—."

혹은 이렇게 탄식하기도 하였다.

아내는 바가지에 점심을 이고서 집을 나섰다. 젖먹이는 등을 두드리며 좋다고 끽끽거린다. 인젠 흰 고무신이고 코다리고 생각조차 물렸다. 그리고 '금'하는 소리만 들어도 입에 신물이 날 만큼 되었다.

그건 고사하고 꿔다 먹은 양식에 졸리지나 말었으면 그만도 좋으리마는.

가을은 논으로 밭으로 누―렇게 내리었다. 농군들은 기꺼운 낯을 하고 서로 만나면 홍겨운 농담. 그러나 남편은 애먼 밭만 망치고 논조차 건살 못하였으니 이 가을에는 뭘 걷어 들이고 뭘 즐겨할는지. 그는 동리 사람의 이목이 부끄러워 산길로 돌았다.

솔숲을 나서서 멀리 밖에를 바라보니 둘이 다 나와 있다. 오늘도 또 싸운 모양. 하나는 이쪽 흙더미에 앉았고 하나는 저쪽에 앉았고 서로들 외면하고 담배만 뻑뻑 피운다.

"점심들 잡숫게유."

남편 앞에 바가지를 내려놓으며 가만히 맥을 보았다. 남편은 적삼이 찢어지고 얼굴에 생채기가 나 있었다. 그리고 두 팔을 걷고 먼 산을 향하여 묵묵히 앉아 있다. 수재는 흙에 박혔다 나왔는지 얼굴은 커녕 귓속들이 흙투성이다. 코밑에는 피딱지가 말라붙었고 아직도 조금씩 피가 흘러내린다. 영식이 처를 보더니 열적은 모양. 고개를 돌리어 모로 떨어치며 입맛만 쩍쩍 다신다.

금을 캐라니까 밤낮 피만 내다 말라는가. 빚에 졸리어 남은 속을 볶는데 무슨 호강에 이 지랄들인구. 아내는 못마땅하여 눈가에 살을 모았다.

"산제 지낸다구 꿔온 것은 은제나 갚는다지유……."

뚱하고 있는 남편을 향하여 말끝을 꼬부린다. 그러나 남편은 눈썹

하나 까딱하지 않는다. 이번에는 어조를 좀 돋으며,

"갚지도 못할 걸 왜 꿔오라 했지유."

하고 얼추 호령이었다. 이 말은 남편의 채 가라앉지도 못한 분통을 다시 건드린다. 그는 벌떡 일어서며 황밤주먹을 쥐어 창낭할만치 아내의 골통을 후렸다.

"계집년이 방정맞게—."

다른 것은 모르나 주먹에는 아찔이었다. 멋없이 덤비다간 골통이 부서진다. 암상[24]을 참고 바르르하다가 이윽고 아내는 등에 업은 언내[25]를 끌러 들었다. 남편에게로 그대로 밀어 던지니 아이는 까르륵하고 숨 모는 소리를 친다. 그리고 아내는 돌아서서 혼잣말로,

"콩밭에서 금을 딴다는 숙맥도 있담."

하고 빗대놓고 비양거린다.

"이년아 뭐."

남편은 대뜸 달겨들며 그 볼치에다 다시 올찬 황밤을 주었다. 적이나하면[26] 계집이니 위로도 하여주련만 요건 분만 폭폭 질러놓으려나. 에이 빌어먹을 거 이판사판이다.

"너허구 안 산다. 오늘루 가거라."

아내를 와락 떠다밀어 논둑에 제쳐 놓고 그 허구리를 발길로 퍽

---

24) 암상: 심술.
25) 언내: 어린아이.
26) 적이나하면: 형편이 다소나마 된다면.

질렀다. 아내는 입을 헉 하고 벌린다.

"네가 허라구 옆구리를 쿡쿡 찌를 제는 언제냐 요 집안 망할 년."

그리고 다시 퍽 질렀다. 연하여 또 퍽. 이 꼴들을 보니 수재는 조바심이 일었다. 저러다가 그 분풀이가 다시 제게로 슬그머니 옮아올 것을 지레 채었다. 인제 걸리면 죽는다. 그는 비슬비슬하다 어느 틈엔가 구뎅이 속으로 시나브로 없어져 버린다.

볕은 다스로운 가을 향취를 풍긴다. 주인을 잃고 콩은 무거운 열매를 둥글둥글 흙에 굴린다. 맞은쪽 산 밑에서 벼들을 베며 기뻐하는 농군의 노래.

"터졌네, 터져."

수재는 눈이 휘둥그렇게 굿문을 튀어나오며 소리를 친다. 손에는 흙 한 줌이 잔뜩 쥐였다.

"뭐?"

하다가,

"금줄 잡았어, 금줄."

"으ㅇ—."

하고 외마디를 뒤 남기자 영식이는 수재 앞으로 살같이 달려들었다. 허겁지겁 그 흙을 받아들고 샅샅이 헤쳐보니 딴은 재래에 보지 못하던 붉으죽죽한 황토였다. 그는 눈에 눈물이 핑 돌며,

"이게 원줄인가."

"그럼. 이것이 곱색줄이라네. 한 포에 댓 돈씩은 넉넉 잡히되."

영식이는 기쁨보다 먼저 기가 탁 막혔다. 웃어야 옳을지 울어야 옳을지. 다만 입을 반쯤 벌린 채 수재의 얼굴만 멍하니 바라본다.

"이리 와 봐. 이게 금이래."

이윽고 남편은 아내를 부른다. 그리고 내 뭐랬어 그러게 해보라고 그랬지하고 설면설면 덤벼 오는 아내가 한결 어여뻤다. 그는 엄지가락으로 아내의 눈물을 지워주고 그리고 나서 껑충거리며 구뎅이로 들어간다.

"그 흙 속에 금이 있지요."

영식이 처가 너무 기뻐서 코다리에 고래 등 같은 집까지 연상할 제 수재는 시원스러이,

"네. 한 포대에 오십 원씩 나와유—."

하고 대답하고 오늘밤에는 꼭 정연코 꼭 달아나리라 생각하였다. 거짓말이란 오래 못 간다. 들통이 나서 뼈다귀도 못 추리기 전에 훨훨 벗어나는 게 상책이겠다.

《개벽(1935. 3.)》

봄봄

봄봄

"장인님! 인젠 저……."

내가 이렇게 뒤통수를 긁고, 나이가 찼으니 성례를 시켜 줘야 하지 않겠느냐고 하면 대답이 늘,

"이 자식아! 성례구 뭐구 미처 자라야지!"

하고 만다. 이 자라야 한다는 것은 내가 아니라 장차 내 아내가 될 점순이의 키 말이다. 내가 여기에 와서 돈 한 푼 안 받고 일하기를 삼 년 하고 꼬박이 일곱 달 동안을 했다. 그런데도 미처 못 자랐다니까 이 키는 언제야 자라는 겐지 짜장 영문 모른다. 일을 좀 더 잘해야 한다든지 혹은 밥을(많이 먹는다고 노상 걱정이니까) 좀 덜 먹어야 한다든지 하면 나도 얼마든지 할 말이 많다. 하지만 점순이가 아직 어리니까 더 자라야 한다는 여기에는 어째 볼 수 없이 그만 벙벙하고 만다.

이래서 나는 애최 계약이 잘못된 걸 알았다. 이태면 이태, 삼 년이면 삼 년, 기한을 딱 작정하고 일을 했어야 할 것이다. 덮어놓고 딸이 자라는 대로 성례를 시켜 주마, 했으니 누가 늘 지키고 섰는 것도

아니고 그 키가 언제 자라는지 알 수 있는가. 그리고 난 사람의 키가 무럭무럭 자라는 줄만 알았지 붙박이 키에 모로만 벌어지는 몸도 있는 것을 누가 알았으랴. 때가 되면 장인님이 어련하랴 싶어서 군소리 없이 꾸벅꾸벅 일만 해왔다. 그럼 말이다, 장인님이 제가 다 알아차려서,

"어 참 너 일 많이 했다. 고만 장가들어라."

하고 살림도 내주고 해야 나도 좋을 것이 아니냐. 시치미를 딱 떼고 도리어 그런 소리가 나올까 봐서 지레 펄펄 뛰고 이 야단이다. 명색이 좋아 데릴사위지 일하기에 싱겁기도 할 뿐더러 이건 참 아무것도 아니다.

숙맥이 그걸 모르고 점순이의 키 자라기만 까맣게 기다리지 않았나. 언젠가는 하도 갑갑해서 자를 가지고 덤벼들어서 그 키를 한번 재볼까 했다마는, 우리는 장인님이 내외를 해야 한다고 해서 마주 서 이야기도 한마디 하는 법 없다. 우물길에서 언제나 마주칠 적이면 겨우 눈어림으로 재보고 하는 것인데 그럴 적마다 나는 저만큼 가서,

"제—미 키두!"

하고 논둑에다 침을 퉤, 뱉는다. 아무리 잘 봐야 내 겨드랑(다른 사람보다 좀 크긴 하지만) 밑에서 넘을락 말락 밤낮 요 모양이다. 개돼지는 푹푹 크는데 왜 이리도 사람은 안 크는지, 한동안 머리가 아프도록 궁리도 해보았다. 아하, 물동이를 자꾸 이니까 뼈다귀가 움츠러

드나 보다, 하고 내가 넌짓 넌짓이 그 물을 대신 길어도 주었다. 뿐만 아니라 나무를 하러 가면 서낭당에 돌을 올려놓고,

"점순이의 키 좀 크게 해줍소사. 그러면 담엔 떡 갖다 놓고 고사 드립죠니까."

하고 치성도 한두 번 드린 것이 아니다. 어떻게 돼먹은 킨지 이래도 막무가내니……. 그래 내 어저께 싸운 것이지 결코 장인님이 밉다든가 해서가 아니다. 모를 붓다가 가만히 생각을 해보니까 또 싱겁다. 이 벼가 자라서 점순이가 먹고 좀 큰다면 모르지만 그렇지도 못한 걸 내 심어서 뭘 하는 거냐. 해마다 앞으로 축 불거지는 장인님의 아랫배(가 너무 먹은 걸 모르고 냇병이라나, 그 배)를 불리기 위하여 심곤 조금도 싶지 않다.

"아이구 배야!"

난 물 붓다 말고 배를 쓰다듬으면서 그대로 논둑으로 기어올랐다. 그리고 겨드랑에 꼈던 벼 담긴 키를 그냥 땅바닥에 털썩, 떨어치며 나도 털썩 주저앉았다. 일이 암만 바빠도 나 배 아프면 고만이니까. 아픈 사람이 누가 일을 하느냐. 파릇파릇 돋아 오른 풀 한 숲을 뜯어 들고 다리의 거머리를 쓱쓱 문대며 장인님의 얼굴을 쳐다보았다. 가운데서 장인님이 이상한 눈을 해가지고 한참을 날 노려보더니,

"너 이 자식, 왜 또 이래 응?"

"배가 좀 아파서유!"

하고 풀 위에 슬며시 쓰러지니까 장인님은 약이 올랐다. 저도 논

에서 철벙철벙 둑으로 올라오더니 잡은 참 내 멱살을 움켜잡고 뺨을 치는 것이 아닌가.

"이 자식아, 일허다 말면 누굴 망해 놀 속셈이냐, 이 대가릴 까 놀 자식?"

우리 장인님은 약이 오르면 이렇게 손버릇이 아주 못됐다. 또 사위에게 이 자식 저 자식 하는 이놈의 장인님은 어디 있느냐. 오죽해야 우리 동리에서 누굴 물론하고 그에게 욕을 안 먹는 사람은 명이 짧다 한다. 조그만 아이들까지도 그를 돌아 세워 놓고 욕필이(본 이름이 봉필이니까), 욕필이, 하고 손가락질을 할 만치 두루 인심을 잃었다. 하나 인심을 정말 잃었다면 욕보다 읍의 배 참봉 댁 마름으로 더 잃었다. 번이 마름이란 욕 잘 하고 사람 잘 치고 그리고 생김 생기길 호박개 같아야 쓰는 거지만 장인님은 외양에 똑 됐다. 장인께 닭 마리나 좀 보내지 않는다든가 애벌논 때 품을 좀 안 준다든가 하면 그해 가을에는 영락없이 땅이 뚝뚝 떨어진다. 그러면 미리부터 돈도 먹고 술도 먹이고 안달재신으로 돌아치던 놈이 그 땅을 슬쩍 돌아앉는다. 이 바람에 장인님 집 외양간에는 눈깔 커다란 황소 한 놈이 절로 엉금엉금 기어들고, 동리 사람들은 그 욕을 다 먹어 가면서도 그래도 굽신굽신하는 게 아닌가.

그러나 내겐 장인님이 감히 큰소리할 계제가 못 된다. 뒷생각은 못 하고 뺨 한 개를 딱 때려 놓고는 장인님은 무색해서 덤덤히 쓴 침만 삼킨다. 난 그 속을 퍽 잘 안다. 조금 있으면 갈[1]도 꺾어야 하고 모도 내야 하고, 한창 바쁜 때인데 나 일 안 하고 우리 집으로 그냥 가면 고만이니까. 작년 이맘때도 트집을 좀 하니까 늦잠 잔다고 돌멩이를 집어던져서 자는 놈의 발목을 삐게 해놨다. 사날씩이나 건숭 끙, 끙, 앓았더니 종당에는 거반 울상이 되지 않았는가.

"얘, 그만 일어나 일 좀 해라. 그래야 올 갈[2]에 벼 잘 되면 너 장가 들지 않니."

그래 귀가 번쩍 띄어서 그날로 일어나서 남이 이틀 품 들일 논을 혼자 삶아 놓으니까 장인님도 눈깔이 커다랗게 놀랐다. 그럼 정말로 가을에 와서 혼인을 시켜 줘야 원 경우가 옳지 않겠나. 볏섬을 척척 들여쌓아도 다른 소리는 없고 물동이를 이고 들어오는 점순이를 담배통으로 가리키며,

"이 자식아 미처 커야지. 조걸 무슨 혼인을 한다고 그러니 원!"

하고 남 낯짝만 붉게 해주고 고만이다. 골김에 그저 이놈의 장인님, 하고 댓돌에다 메꽂고 우리 고향으로 내뺄까 하다가 꾹꾹 참고 말았다.

참말이지 난 이 꼴 하고는 집으로 차마 못 간다. 장가를 들러 갔다가 오죽 못났어야 그대로 쫓겨 왔느냐고 손가락질을 받을 테니까……. 논둑에서 벌떡 일어나 한풀 죽은 장인님 앞으로 다가서며,

---

1) 갈: 갈대(볏과의 여러해살이풀)의 옛말.
2) 갈: '가을'의 준말.

"난 갈 테야유, 그 동안 사경[3] 쳐내슈."

"너 사위로 왔지 어디 머슴 살러 왔니?"

"그러면 얼찐 성례를 해줘야 안 하지유. 밤낮 부려만 먹구 해준다 해준다……."

"글쎄 내가 안 하는 거냐? 그년이 안 크니까……."

하고 어름어름 담배만 담으면서 늘 하는 소리를 또 늘어놓는다. 이렇게 따져 나가면 언제든지 늘 나만 밑지고 만다. 이번엔 안 된다 하고 대뜸 구장님한테로 판단 가자고 소맷자락을 내끌었다.

"아 이 자식아, 왜 이래 어른을."

안 간다고 뻗디디고 이렇게 호령은 제 맘대로 하지만 장인님 제가 내 기운은 못 당한다. 막 부려먹고 딸은 안 주고 게다 땅땅 치는 건 다 뭐야…….

그러나 내 사실 참 장인님이 미워서 그런 것은 아니다. 그 전날 왜 내가 새 고개 맞은 봉우리 화전 밭을 혼자 갈고 있지 않았느냐. 밭 가생이로 돌적마다 야릇한 꽃내가 물컥물컥 코를 찌르고 머리 위에서 벌들은 가끔 붕, 붕, 소리를 친다. 바위틈에서 샘물 소리밖에 안 들리는 산골짜기니까 맑은 하늘의 봄볕은 이불 속같이 따스하고 꼭 꿈꾸는 것 같다. 나는 몸이 나른하고(몸살을 아직 모르지만) 병이 나려고 그러는지 가슴이 울렁울렁하고 이랬다.

3) 사경: 새경(머슴이 주인에게서 한 해 동안 일한 대가로 받는 돈이나 물건).

"이러이! 말이! 맘 마 마……."

이렇게 노래를 하며 소를 부리면 여느 때 같으면 어깨가 으쓱으쓱 한다. 웬일인지 밭 반도 갈지 않아서 온몸의 맥이 풀리고 대고 짜증만 난다. 공연히 소만 들입다 두들기며,

"안야! 안야! 이 망할 자식의 소(장인님의 소니까) 대리[4]를 꺾어 줄라."

그러나 내 속은 정말 안야 때문이 아니라 점심을 이고 온 점순이의 키를 보고 울화가 났던 것이다. 점순이는 뭐 그리 썩 예쁜 계집애는 못 된다. 그렇다구 개떡이냐 하면 그런 것도 아니고, 꼭 내 아내가 돼야 할 만치 그저 툽툽하게 생긴 얼굴이다. 나보다 십 년이 아래니까 올해 열여섯인데 몸은 남보다 두 살이나 덜 자랐다. 남은 잘도 훤칠히들 크건만 이건 위아래가 몽툭한 것이 내 눈에는 얼없이[5] 감참외 같다. 참외 중에는 감참외가 제일 맛 좋고 예쁘니까 말이다. 둥글고 커단 눈은 서글서글하니 좋고 좀 지쳐 찢어졌지만 입은 밥술이나 톡톡히 먹음직하니 좋다. 아따 밥만 많이 먹게 되면 팔자는 고만 아니냐.

한데 한 가지 파[6]가 있다면 가끔가다 몸이(장인님은 이걸 채신이 없이 들까분다고 하지만) 너무 빨리빨리 논다. 그래서 밥을 나르다가 때없이 풀밭에서 깻박을 쳐서 흙투성이 밥을 곧잘 먹인다. 안 먹으면

4) 대리: '다리'의 방언(황해).
5) 얼없다: 조금도 틀림이 없다.
6) 파: 사람의 결점.

무안해할까 봐서 이걸 씹고 앉았노라면 으적으적 소리만 나고 돌을 먹는 겐지 밥을 먹는 겐지…….

그러나 이날은 웬일인지 성한 밥 채로 밭머리에 곱게 내려놓았다. 그리고 또 내외를 해야 하니까 저만큼 떨어져 이쪽으로 등을 향하고 웅크리고 앉아서 그릇 나기를 기다린다. 내가 다 먹고 물러섰을 때 그릇을 와서 챙기는데, 그런데 난 깜짝 놀라지 않았느냐. 고개를 푹 숙이고 밥함지에 그릇을 포개면서 날더러 들으라는지 혹은 제 소린지,

"밤낮 일만 하다 말 텐가!"

하고 혼자 쫑알거린다. 고대 잘 내외하다가 이게 무슨 소린가, 하고 난 정신이 얼떨떨했다. 그러면서도 한편 무슨 좋은 수가 있는가 싶어서 나도 공중을 대고 혼자말로,

"그럼 어떡해?"

하니까,

"성례시켜 달라지 뭘 어떡해……."

하고 되알지게 쏘아붙이고 얼굴이 발개져서 산으로 그저 도망질을 친다. 나는 잠시 동안 어떻게 되는 셈판인지 맥을 몰라서 그 뒷모양만 덤덤히 바라보았다. 봄이 되면 온갖 초목이 물이 오르고 싹이 트고 한다. 사람도 아마 그런가 보다, 하고 며칠 내에 부쩍(속으로) 자란 듯싶은 점순이가 여간 반가운 것이 아니다. 이런 걸 멀쩡하게 아직 어리다구 하니까…….

우리가 구장님을 찾아갔을 때 그는 싸리문 밖에 있는 돼지우리에서 죽을 퍼주고 있었다. 서울엘 좀 갔다 오더니 사람은 점잖아야 한다고 윗수염이(얼른 보면 지붕 위에 앉은 제비 꼬랑지 같다) 양쪽으로 뾰족이 뻗치고 그걸 에헴, 하고 늘 쓰다듬는 손버릇이 있다. 우리를 멀뚱히 쳐다보고 미리 알아챘는지,

"왜 일들 허다 말구 그래?"

하더니 손을 올려서 그 에헴을 한번 후딱 했다.

"구장님! 우리 장인님과 처음에 계약하기를……."

먼저 덤비는 장인님을 뒤로 떠다밀고 내가 허둥지둥 달려들다가 가만히 생각하고,

"아니 우리 빙장님[7]과 처음에."

하고 첫 번부터 다시 말을 고쳤다. 장인님은 빙장님 해야 좋아하고 밖에 나와서 장인님 하면 괜스레 골을 내려 든다. 뱀두 뱀이래야 좋으냐구 창피스러우니 남 듣는 데는 제발 빙장님, 빙모님, 하라구 일상 당조짐을 받아 오면서 난 그것도 자꾸 잊는다. 당장도 장인님 하다 옆에서 내 발등을 꾹 밟고 곁눈질을 흘기는 바람에야 겨우 알았지만…….

구장님도 내 이야기를 자세히 듣더니 퍽 딱한 모양이었다. 하기야 구장님뿐만 아니라 누구든지 다 그럴 게다. 길게 길러 둔 새끼손톱

7) 빙장: 다른 사람의 장인(丈人)을 이르는 말.

으로 코를 후벼서 저리 탁 튀기며,

"그럼 봉필 씨! 얼른 성례를 시켜 주구려, 그렇게까지 제가 하구 싶다는 걸……."

하고 내 짐작대로 말했다. 그러나 이 말에 장인님은 삿대질로 눈을 부라리고,

"아 성례구 뭐구 계집애년이 미처 자라야 할 게 아닌가?"

하니까 고만 멀쑤룩해서 입맛만 쩍쩍 다실 뿐이 아닌가.

"그것두 그래!"

"그래, 거진 사 년 동안에도 안 자랐다니 그 킨 은제 자라지유? 다 그만두구 사경 내슈……."

"글쎄, 이 자식아! 내가 크질 말라구 그랬니, 왜 날 보구 떼냐?"

"빙모님은 참새만한 것이 그럼 어떻게 앨 낳지유?"(사실 장모님은 점순이보다도 귀때기 하나가 작다)

장인님은 이 말을 듣고 껄껄 웃더니(그러나 암만해두 돌 씹은 상이다) 코를 푸는 척하고 날 은근히 곯리려고 팔꿈치로 옆 갈비께를 퍽 치는 것이다. 더럽다. 나도 종아리의 파리를 쫓는 척하고 허리를 구부리며 그 궁둥이를 콱 떼밀었다. 장인님은 앞으로 우찔근하고 싸리문께로 쓰러질 듯하다 몸을 바로 고치더니 눈총을 몹시 쏘았다. 이런 상년의 자식! 하곤 싶으나 남의 앞이라서 차마 못 하고 섰는 그 꼴

이 보기에 퍽 쟁그라웠다.[8)]

그러나 이 밖에는 별반 신통한 귀정을 얻지 못하고 도로 논으로 돌아와서 모를 부었다. 왜냐면 장인님이 뭐라고 귓속말로 수군수군하고 간 뒤다. 구장님이 날 위해서 조용히 데리고 아래와 같이 일러 주었기 때문이다(뭉태의 말은 구장님이 장인님에게 땅 두 마지기 얻어 부치니까 그래 꾀었다고 하지만 난 그렇게 생각 않는다).

"자네 말두 하기야 옳지, 암 나이 찼으니까 아들이 급하다는 게 잘못된 말은 아니야. 허지만 농사가 한창 바쁜 때 일을 안 한다든가 집으로 달아난다든가 하면 손해죄루 그것두 징역을 가거든!(여기에 그만 정신이 번쩍 났다) 왜 요전에 삼포 말서 산에 불 좀 놓았다구 징역 간 거 못 봤나? 제 산에 불을 놓아도 징역을 가는 이땐데 남의 농사를 버려 주니 죄가 얼마나 더 중한가. 그리고 자넨 정장[9)]을(사경 받으러 정장 가겠다 했다) 간대지만 그러면 괜시리 죄를 들쓰고 들어가는 걸세. 또 결혼두 그렇지, 법률에 성년이란 게 있는데 스물하나가 돼야 비로소 결혼을 할 수 있는 걸세. 자넨 물론 아들이 늦을 걸 염려하지만 점순이루 말하면 이제 겨우 열여섯이 아닌가. 그렇지만 아까 빙장님의 말씀이 올 갈에는 열일을 제치고라두 성례를 시켜 주겠다 하니 좀 고마울 겐가. 빨리 가서 모 붓던 거나 마저 붓게, 군소리 말구 어서 가."

---

8) 쟁그랍다: 하는 행동이 괴상하여 얄밉다.
9) 정장: 소장(訴狀)을 관청에 냄.

그래서 오늘 아침까지 끽소리 없이 왔다. 장인님과 내가 싸운 것은 지금 생각하면 뜻밖의 일이라 안 할 수 없다. 장인님으로 말하면 요즈막 작인들에게 행세를 좀 하고 싶다고 해서 '돈 있으면 양반이지 별게 있느냐!' 하고 일부러 아랫배를 툭 내밀고 걸음도 뒤틀리게 걷고 하는 이판이다. 이까짓 나쯤 두들기다 남의 땅을 가지고 모처럼 닦아 놓았던 가문을 망친다든지 할 어른이 아니다. 또 나로 논지면 아무쪼록 잘 뵈서 점순이에게 얼른 장가를 들어야 하지 않느냐.

이렇게 말하자면 결국 어젯밤 뭉태네 집에 마실[10] 간 것이 썩 나빴다. 낮에 구장님 앞에서 장인님과 내가 싸운 것을 어떻게 알았는지 대고 빈정거리는 것이 아닌가.

"그래 맞구두 그걸 가만둬?"

"그럼 어떡하니?"

"임마 봉필일 모판에다 거꾸루 박아 놓지 뭘 어떡해?"

하고 괜히 내 대신 화를 내가지고 주먹질을 하다 등잔까지 쳤다. 놈이 본시 괄괄은 하지만 그래 놓고 날더러 석유 값을 물라고 막 지다위[11]를 붙는다. 난 어안이 벙벙해서 잠자코 앉았으니까 저만 연방 지껄이는 소리가,

"밤낮 일만 해주구 있을 테냐?"

"영득이는 일 년을 살구도 장갈 들었는데 난 사 년이나 살구두 더

10) 마실: 이웃집에 놀러 가는 것.
11) 지다위: 남에게 등을 대고 의지하거나 떼를 씀.

살아야 해."

"네가 세 번째 사윈 줄이나 아니? 세 번째 사위."

"남의 일이라두 분하다 이 자식아, 우물에 가 빠져 죽어."

나중에는 겨우 손톱으로 목을 따라고까지 하고 제 아들같이 함부로 혹닥이었다. 별의별 소리를 다 해서 그대로 옮길 수는 없으나 그 줄거리는 이렇다.

우리 장인님이 딸이 셋이 있는데 맏딸은 재작년 가을에 시집을 갔다. 정말은 시집을 간 것이 아니라 그 딸도 데릴사위를 해가지고 있다가 내보냈다. 그런데 딸이 열 살 때부터 열아홉, 즉 십 년 동안에 데릴사위를 갈아들이기를, 동리에선 사위 부자라고 이름이 났지마는 열 놈이란 참 너무 많다. 장인님이 아들은 없고 딸만 있는 고로 그 담 딸을 데릴사위를 해올 때까지는 부려먹지 않으면 안 된다. 물론 머슴을 두면 좋지만 그건 돈이 드니까, 일 잘하는 놈을 고르느라고 연방 바꿔 들였다. 또 한편 놈들이 욕만 줄창 퍼붓고 심히도 부려먹으니까 밸이 상해서 달아나기도 했겠지. 점순이는 둘째딸인데 내가 일테면 그 세 번째 데릴사위로 들어온 셈이다. 내 담으로 네 번째 놈이 들어올 것을 내가 일도 참 잘하고 그리고 사람이 좀 어수룩하니까 장인님이 잔뜩 붙들고 놓질 않는다. 셋째 딸이 인제 여섯 살, 적어두 열 살은 돼야 데릴사위를 할 테므로 그 동안은 죽도록 부려먹어야 된다. 그러니 인제는 속 좀 차리고 장가를 들어 달라구 떼를 쓰고 나자빠져라, 이것이다.

나는 건성으로 엉, 엉, 하며 귓등으로 들었다. 뭉태는 땅을 얻어 부치다가 떨어진 뒤로는 장인님만 보면 공연히 못 먹어서 으릉거린다. 그것도 장인님이 저 달라고 할 적에 제 집에서 위한다는 그 감투(예전에 원님이 쓰던 것이라나, 옆구리에 뽕뽕 좀먹은 걸레)를 선뜻 주었더라면 그럴 리도 없었던 걸…….

그러나 나는 뭉태란 놈의 말을 전수이 곧이듣지 않았다. 꼭 곧이들었다면 간밤에 와서 장인님과 싸웠지 무사히 있었을 리가 없지 않은가. 그러면 딸에게까지 인심을 잃은 장인님이 혼자 나빴다.

실토이지 나는 점순이가 아침상을 가지고 나올 때까지는 오늘은 또 얼마나 밥을 담았나하고 이것만 생각했다. 상에는 된장찌개하고 간장 한 종지, 조밥 한 그릇, 그리고 밥보다 더 수부룩하게 담은 산나물이 한 대접, 이렇다. 나물은 점순이가 틈틈이 해오니까 두 대접이고 네 대접이고 멋대로 먹어도 좋으나 밥은 장인님이 한 사발 외엔 더 주지 말라고 해서 안 된다. 그런데 점순이가 그 상을 내 앞에 내놓으며 제 말로 지껄이는 소리가,

"구장님한테 갔다 그냥 온담 그래!"

하고 엊그제 산에서와 같이 되우 쫑알거린다. 딴은 내가 더 단단히 덤비지 않고 만 것이 좀 어리석었다, 속으로 그랬다. 나도 저쪽 벽을 향하여 외면하면서 내 말로,

"안 된다는 걸 그럼 어떡헌담!"

하니까,

"수염을 잡아채지 그냥 둬, 이 바보야!"

하고 또 얼굴이 빨개지면서 성을 내며 안으로 샐죽하니 튀들어 가지 않느냐. 이때 아무도 본 사람이 없었게 망정이지 보았다면 내 얼굴이 어미 잃은 황새 새끼처럼 가엾다 했을 것이다.

사실 이때만큼 슬펐던 일이 또 있었는지 모른다. 다른 사람은 암만 못생겼다 해도 괜찮지만 내 아내 될 점순이가 병신으로 본다면 참 신세는 따분하다. 밥을 먹은 뒤 지게를 지고 일터로 가려 하다 도로 벗어던지고 바깥마당 공석 위에 드러누워서 나는 차라리 죽느니만 같지 못하다 생각했다. 내가 일 안 하면 장인님 저는 나이가 먹어 못 하고 결국 농사 못 짓고 만다. 뒷짐으로 트림을 꿀꺽하고 대문 밖으로 나오다 날 보고서,

"이 자식아! 너 왜 또 이러니?"

"관격[12]이 났어유, 아이구 배야!"

"기껀 밥 처먹고 나서 무슨 관격이야, 남의 농사 버려 주면 이 자식아 징역 간다 봐라!"

"가두 좋아유, 아이구 배야!"

참말 난 일 안 해서 징역 가도 좋다 생각했다. 일후 아들을 낳아도 그 앞에서 바보 바보 이렇게 별명을 들을 테니까 오늘은 열 쪽이 난대도 결정을 내고 싶었다.

---

12) 관격: 먹은 음식이 갑자기 체하여 가슴 속이 막히고 위로는 계속 토하며 아래로는 대소변이 통하지 않는 위급한 증상.

장인님이 일어나라고 해도 내가 안 일어나니까 눈에 독이 올라서 저편으로 힝 하게 가더니 지게막대기를 들고 왔다. 그리고 그걸로 내 허리를 마치 들떠 넘기듯이 쿡 찍어서 넘기고 넘기고 했다. 밥을 잔뜩 먹고 딱딱한 배가 그럴 적마다 퉁겨지면서 밸창이 꼿꼿한 것이 여간 켕기지 않았다. 그래도 안 일어나니까 이번엔 배를 지게막대기로 위에서 쿡쿡 찌르고 발길로 옆구리를 차고 했다. 장인님은 원체 심청이 곳어서 그렇지만 나도 저만 못하지 않게 배를 채었다. 아픈 것을 눈을 꽉 감고 넌 해라 난 재미단 듯이 있었으나 볼기짝을 후려갈길 적에는 나도 모르는 결에 벌떡 일어나서 그 수염을 잡아챘다마는 내 골이 난 것이 아니라 정말은 아까부터 부엌 뒤 울타리 구멍으로 점순이가 우리들의 꼴을 몰래 엿보고 있었기 때문이다. 가뜩이나 말 한마디 톡톡히 못 한다고 바보라는데 매까지 잠자코 맞는 걸 보면 짜장 바보로 알 게 아닌가. 또 점순이도 미워하는 이까짓 놈의 장인님 나하곤 아무것도 안 되니까 막 때려도 좋지만 사정 보아서 수염만 채고(제 원대로 했으니까 이때 점순이는 퍽 기뻤겠지) 저기까지 잘 들리도록,

"이걸 까셀라부다!"

하고 소리를 쳤다. 장인님은 더 약이 바짝 올라서 잡은 참 지게막대기로 내 어깨를 그냥 내리갈겼다. 정신이 다 아찔하다. 다시 고개를 들었을 때 그때엔 나도 온몸에 약이 올랐다. 이 녀석의 장인님을 하고 눈에서 불이 퍽 나서 그 아래 밭 있는 넝알로 그대로 떠밀어

굴려 버렸다. 조금 이따가 장인님이 씩, 씩, 하고 한번 해보려고 기어오르는 걸 얼른 또 떠밀어 굴려 버렸다. 기어오르면 굴리고, 굴리면 기어오르고, 이러길 한 너덧 번을 하며 그럴 적마다,

"부려만 먹구 왜 성례 안 하지유!"

나는 이렇게 호령했다. 하지만 장인님이 선뜻, 오냐 낼이라두 성례시켜 주마, 했으면 나도 성가신 걸 그만두었을지 모른다. 나야 이러면 때린 건 아니니까 나중에 장인 쳤다는 누명도 안 들을 터이고 얼마든지 해도 좋다. 한번은 장인님이 헐떡헐떡 기어서 올라오더니 내 바짓가랑이를 요렇게 노리고서 단박 움켜잡고 매달렸다. 악, 소리를 치고 나는 그만 세상이 다 팽그르 도는 것이,

"빙장님! 빙장님! 빙장님!"

"이 자식! 잡아먹어라. 잡아먹어!"

"아! 아! 할아버지! 살려 줍쇼, 할아버지!"

하고 두 팔을 허둥지둥 내절 적에는 이마에 진땀이 쭉 내솟고 인젠 참으로 죽나 보다 했다. 그래도 장인님은 놓질 않더니 내가 기어이 땅바닥에 쓰러져서 거진 까무러치게 되니까 놓는다. 더럽다 더럽다. 이게 장인님인가, 나는 한참을 못 일어나고 쩔쩔맸다. 그러다, 얼굴을 드니(눈에 참 아무것도 보이지 않았다) 사지가 부르르 떨리면서 나도 엉금엉금 기어가 장인님의 바짓가랑이를 꽉 움키고 잡아낚았다.

내가 머리가 터지도록 매를 얻어맞은 것이 이 때문이다. 그러나 여기가 또한 우리 장인님이 유달리 착한 곳이다. 여느 사람이면 사

경을 주어서라도 당장 내쫓았지 터진 머리를 볼솜으로 손수 지져 주고, 호주머니에 희연 한 봉을 넣어 주시고 그리고,

"올 갈엔 꼭 성례를 시켜 주마. 암말 말구 가서 뒷골의 콩밭이나 얼른 갈아라."

하고 등을 뚜덕여 줄 사람이 누구냐. 나는 장인님이 너무나 고마워서 어느덧 눈물까지 났다. 점순이를 남기고 이젠 내쫓기려니 하다 뜻밖의 말을 듣고,

"빙장님! 인제 다시는 안 그러겠어유."

이렇게 맹세를 하며 부랴사랴 지게를 지고 일터로 갔다. 그러나 이때는 그걸 모르고 장인님을 원수로만 여겨서 잔뜩 잡아당겼다.

"아! 아! 이놈아! 놔라, 놔."

장인님은 헛손질을 하며 솔개미에 챈 닭의 소리를 연해 질렀다. 놓긴 왜, 이왕이면 호되게 혼을 내주리라 생각하고 짓궂이 더 댕겼다마는 장인님이 땅에 쓰러져서 눈에 눈물이 피잉 도는 것을 알고 좀 겁도 났다.

"할아버지! 놔라, 놔, 놔, 놔놔."

그래도 안 되니까,

"얘 점순아! 점순아!"

이 악장에 안에 있었던 장모님과 점순이가 헐레벌떡하고 단숨에 뛰어나왔다. 나의 생각에 장모님은 제 남편이니까 역성을 할는지도 모른다. 그러나 점순이는 내 편을 들어서 속으로 고소해서 하겠지

—. 대체 이게 웬 속인지(지금까지도 난 영문을 모른다) 아버질 혼내 주기는 제가 내래 놓고 이제 와서는 달려들며,

"에그머니! 이 망할 게 아버지 죽이네!"

하고 내 귀를 뒤로 잡아당기며 마냥 우는 것이 아니냐. 그만 여기에 기운이 탁 꺾이어 나는 얼빠진 등신이 되고 말았다. 장모님도 덤벼들어 한쪽 귀마저 뒤로 잡아채면서 또 우는 것이다.

이렇게 꼼짝도 못하게 해놓고 장인님은 지게막대기를 들어서 사뭇 내려조겼다. 그러나 나는 구태여 피하려지도 않고 암만해도 그 속 알 수 없는 점순이의 얼굴만 멀거니 들여다보았다.

"이 자식! 장인 입에서 할아버지 소리가 나오도록 해?"

《조광2(1935. 12.)》

따라지

따라지

쪽대문을 열어 놓으니 사직공원이 환히 내려다보인다. 인제는 봄도 늦었나보다. 저 건너 돌담 안에는 사쿠라 꽃이 벌겋게 벌어졌다. 가지가지 나무에는 싱싱한 싹이 돋고, 새침이 옷깃을 핥고 드는 요놈이 꽃샘이겠지. 까치들은 새끼 칠 집을 장만하느라고 가지를 입에 물고 날아들고…….

이런 제기랄, 우리 집은 언제나 수리를 하는 겐가. 해마다 고친다, 고친다, 벼르기는 연실 벼르면서. 그렇다고 사직골 꼭대기에 올라붙은 깨웃한 초가집이라서 싫은 것도 아니다. 납작한 처마 밑에 비록 묵은 이엉이 무더기무더기 흘러내리건 말건, 대문짝 한 짝이 삐뚜로 박히건 말건, 장독 뒤의 판장이 아주 벌컥 나자빠져도 좋다.

참말이지 그놈의 부엌 옆의 뒷간만 좀 고쳤으면 원이 없겠다. 밑둥의 벽이 확 나가서 어떤 게 부엌이고 뒷간인지 분간을 모르니. 게다 여름이 되면 부엌 바닥으로 구더기가 슬슬 기어들질 않나. 이걸 보면 고대 먹었던 밥풀이 그만 곤두서고 만다. 에이 추해, 망할 녀석의 영감쟁이 그것 좀 고쳐 달라고 그렇게 성화를 해도…….

쪽대문이 도로 닫겨지며 소리를 요란히 낸다. 아침 설거지에 젖은 손을 치마로 닦으며 주인마누라는 오만상이 찌푸려진다. 그러나 실상은 사글세를 못 받아서 약이 오른 것이다. 영감더러 받아 달라면 마누라에게 밀고 마누라가 받자니 고분이 내질 않는다. 여태껏 미뤄 왔지만 느들 오늘은 안 될라, 마음을 아주 다부지게 먹고 건넌방 문을 확 열어젖힌다.

"여보! 어떻게 됐소?"

"아 이거 참 미안합니다. 오늘두……."

텁수룩한 칼라 머리를 이렇게 긁으며 역시 우물쭈물이다.

"오늘두라니 그럼 어떡할 작정이오?"

하고 눈을 한번 크게 떠보였다마는 이 위인은 암만 얼러도 노할 주변도 못 된다. 나이가 새파랗게 젊은 녀석이 왜 이리 할 일이 없는지 밤낮 방구석에 팔짱을 지르고 멍하니 앉아서는 얼이 빠졌다. 그렇지 않으면 이불을 뒤쓰고는 줄창같이 낮잠이 아닌가. 햇빛을 못 봐서 얼굴이 누렇게 찌들었다. 경무과 제복 공장의 직공으로 다니는 즈 누이의 월급으로 둘이 먹고 지낸다. 누이가 과부길래 망정이지 서방이라도 해가면 이건 어떡하려고 이러는지 모른다. 제 신세 딱한 줄은 모르고 맨날,

"돈은 우리 누님이 쓰는데요……. 누님 나오거든 말씀하십시오."

"당신 누님은 밤낮 사날만 참아 달라는 게 한 아니오. 사날사날 허니 그래 언제나 돼야 사날이란 말이오?"

"미안스럽습니다. 그러나 이번엔 사날 후에 꼭 드리겠습니다. 이왕 참아 주시던 길이니."

"글쎄 언제가 사날이란 말이오?"

하고 주름 잡힌 이맛살에 화가 다시 치밀지 않을 수가 없다. 이놈의 사날이란 석 달인지 삼년인지 영문을 모른다. 그러나 저쪽도 쾌쾌히 들이덤벼야 말하기가 좋을 텐데, 울가망으로 한풀 꺾이어 들옴에는 더 지껄일 맛도 없는 것이다.

"돈두 다 싫소. 오늘은 방을 내주."

그는 말 한마디 또렷이 남기고 방문을 탁 닫아 버렸다. 그리고 서너 발 뚜덜거리며 물러서자 다시 가서 문을 열어 잡고,

"오늘 우리 조카가 이리 온다니까 어차피 방은 있어야 하겠소."

장독 옆으로 빠진 수채를 건너서면, 바로 아랫방이다. 본시는 광이었으나 셋방 놓으려고 싱둥겅둥 방을 들인 것이다. 흙칠한 것도 위채보다는 아직 성하고 신문지로 처덕이었을망정 제법 벽도 번뜻하다.

비바람이 들이치어 누렇게 들뜬 미닫이였다. 살며시 열고 노려보니 망할 노랑통이가 여전히 이불을 쓰고 끙, 끙, 누웠다. 노란 낯짝이 광대뼈가 툭 불거진 게 어제만도 더 못한 것 같다. 어쩌자고 저걸 들였는지 제 생각을 해도 소갈찌는 없었다. 돈도 좋거니와 팔자에 없는 송장을 칠까 봐 애간장이 다 졸아든다. 하기야 처음 올 때에 저 병색을 모른 것도 아니고,

"영감님! 무슨 병환이슈?"

하고 겁을 먹으니까,

"감기가 좀 들렸더니 이러우."

이런 굴치 같은 영감쟁이가 또 있으랴. 그리고 그날부터 뒷간에다 피똥을 내깔리며 이 앓는 소리로 쩔쩔매는 것이다. 보기에 추하기도 할 뿐더러 그 신음 소리를 들을 적마다 사지가 으스러지는 것 같다. 그러나 더 얄미운 것은 이걸 데리고 온 그 딸이었다. 버스 걸 다니니까 아마 거짓말이 심한 모양이다. 부족증[1]이라고 한마디만 했으면 속이나 시원할 걸 여태도 감기가 쇄서 그렇다고 빠득빠득 우긴다. 방을 안 줄까 봐 속인 그 행실을 생각하면 곧 눈에 불이 올라서,

"영감님! 오늘은 방셀 주셔야지요?"

"시방 내 몸이 아파 죽겠소."

영감님은 괜한 소리를 한단 듯이 썩 귀찮게 벽 쪽으로 돌아눕는다. 그리고 어그머니 끙, 움츠러드는 소리를 친다.

"아니 영 방세는 안 내실 테요?"

하고 소리를 빽 지르지 않을래야 않을 수 없다.

"내 시방 죽는 몸이오. 가만있수."

"글쎄 죽는 건 죽는 거고 방세는 방세가 아니오. 영감님 죽기로서니 어째 내 방세를 못 받는단 말이오!"

---

1) 부족증: 폐결핵이나 인체 내의 진액 부족으로 원기가 몹시 쇠약해지는 증상.

"내가 죽는데 어째 또 방세는 낸단 말이오?"

영감님은 고개를 돌리어 눈을 부릅뜨고 마나님 붊지[2] 않게 호령이었다. 죽을 때가 가까워오니까 악이 받칠 대로 송두리 받친 모양이다.

"정 그렇거든 내 딸 오거든 받아 가구려."

"이건 누구에게 찌다운가 원, 별일두 다 많어이."

하고 홀로 입 속으로 중얼거리며 물러가는 것도 상책일는지 모른다. 괜스레 병든 것과 겯고틀고 이러단 결국 이쪽이 한 굽 죄인다. 그보다는 딸이나 오거든 톡톡히 따져서 내쫓는 것이 일이 쉬우리라.

그 옆으로 좀 사이를 두고 나란히 붙은 미닫이가 또 하나 있다. 열고자 문설주에 손을 대다가 잠깐 멈칫하였다. 툇마루 위에 무람없이[3] 올려 놓인 이 구두는 분명히 아키코의 구두일 게다. 문 열어 볼 용기를 잃고 그는 부엌 쪽으로 돌아가며 쓴 입맛을 다시었다.

카페가 뭔가 다니는 계집애들은 죄다 그렇게 망골[4]들인지 모른다. 영애하고 아키코는 아무리 잘 봐도 씨알이 사람 될 것 같지 않다. 아래위턱도 몰라보는 애들이 난봉질에 향수만 찾고 그래도 영애란 계집애는 비록 심술은 내고 내댈망정 뭘 물으면 대답이나 한다. 요 아키코는 방세를 내래도 입을 꼭 다물고는 안차게도[5] 대꾸 한마

2) 붊다: [부럽다]의 경상도 사투리.
3) 무람없다: 예의를 지키지 않으며 삼가고 조심하는 것이 없다.
4) 망골: 언행이 매우 난폭하거나 주책없는 사람을 낮잡아 이르는 말.
5) 안차다: 겁이 없고 야무지다.

디 없다. 여러 번 듣기 싫게 조르면 그제는 이쪽이 낼 성을 제가 내가지고,

"누가 있구두 안 내요? 좀 편히 계셔요. 어련히 낼라구, 그런 극성 첨 보겠네."

이렇게 쥐어박는 소리를 하는 것이 아닌가. 좀 편히 계시라는 이 말에는 하 어이가 없어서도 고만 찔끔 못 한다.

"망할 년! 언제 병이 들었었나?"

쓸 방을 못 쓰고 사글세를 논 것은 돈이 아쉬웠던 까닭이었다. 두 영감 마누라가 산다고 호젓해서 동무로 모은 것도 아니다. 그런데 팔자가 사나운지 모두 우거지상, 노랑퉁이, 말괄량이, 이런 몹쓸 것들뿐이다. 이 망할 것들이 방세를 내는 셈도 아니요, 그렇다고 아주 안 내는 것도 아니다. 한 달 치를 비록 석 달에 별러 내는 한이 있더라도 역 내는 건 내는 거였다. 즈들끼리 짜기나 한 듯이 팔십 전 칠십 전 일 원, 요렇게 짤금짤금거리고 만다. 오늘은 크게 얼를 줄 알았더니 하고 보니까 역시 어저께나 다름이 없다. 방의 세간을 마루로 내놔 가며 세를 들인 보람이 무엇인지. 그는 마루 끝에 걸터앉아서 화풀이로 담배 한 대를 피워 문다.

그러나 아무리 생각해도 내 방 빌리고 내가 말 못 하는 것은 병신스러운 짓임에 틀림이 없다. 담뱃대를 마루에 내던지고 약을 좀 올려 가지고 다시 아래채로 내려간다. 기세 좋게 방문이 홱 열리었다.

"아키코! 이봐! 자?"

아키코는 네 활개를 벌리고 아키코답게 무사 태평히 코를 골아 울린다. 젖통이를 풀어헤친 채 부끄럼 없고, 두 다리는 이불 싼 위로 번쩍 들어 올렸다. 담배 연기 가득 찬 방 안에는 분내가 홱 끼치고…….

"이봐! 아키코! 자?"

이번에는 대문 밖에서도 잘 들릴 만큼 목청을 돋웠다. 그러나 생시에도 대답 없는 아키코가 꿈속에서 대답할 리 없음을 알았다. 그저 겨우 입 속으로,

"망할 계집애두, 가랑머릴 쩍 벌리고 저게 원, 쩨쩨."

미닫이가 딱 닫겨지는 서슬에 문틀 위의 안약 병이 떨어진다. 그제야 아키코는 조심히 눈을 떠보고 일어나 앉았다. 망할 년, 저보고 누가 보랬나, 하고 한옆에 놓인 손거울을 집어 든다. 어젯밤 잠을 설친 바람에 얼굴이 부석부석하였다. 궐련에 불이 붙는다.

그는 천장을 향하여 연기를 내뿜으며 가만히 바라본다. 뾰족한 입에서 연기는 고리가 되어 한 둘레 두 둘레 새어 나온다. 고놈을 하나씩 손가락으로 꼭 찔러서 터치고 터치고. 아까부터 영애를 기다렸으나 오정이 가까워도 오질 않는다. 단성사엘 갔는지 창경원엘 갔는지, 그래도 저 혼자는 안 갈걸. 이런 때이면 방 좁은 것이 새삼스레 불편하였다.

햇빛이 안 들고 늘 습한 건 말고, 조금만 더 넓었으면 좋겠다. 영애나 아키코나 둘 중의 누가 밤의 손님이 있으면 하나는 나가 잘 수밖

에 없다. 둘이 자도 어깨가 맞부딪는데, 그런데, 셋이 자기에는 너무 창피하였다. 나가서 자면 숙박료는 오십 전씩 받기로 하였으니까 못 잘 것도 아니다마는 그 담날 밝은 낮에 여기까지 허덕허덕 찾아오는 것이 어째 좀 어색한 일이었다. 어제도 카페서 나오다가 골목에서 영애를 꾹 찌르고,

"얘! 너 오늘 어디서 자구 오너라."

하고 귓속말을 하니까,

"또? 얘 너는 좋구나!"

"좋긴 뭐가 좋아? 애두!"

아키코는 좀 수줍은 생각이 들어 쭈뼛쭈뼛 그 손에 돈 팔십 전을 쥐어 주었다. 여느 때 같으면 오십 전이지만 그만치 미안하였다마는 영애는 지루퉁한 낯으로 돈을 받아 넣으며 또 하는 소리가,

"얘! 이젠 종로 근처로 우리 큰 방을 얻어 오자."

"그래 가만있어……. 잘 가거라, 그리고 내일 일찍 와!"

남 인사하는 데는 대답 없고,

"나만 밤낮 나와 자는구나!"

이것은 필시 아키코에게 엇먹는 조롱이겠지. 망할 애두 저더러 누가 뚱뚱하고 못생기게 나랬나, 그렇게 삐지게 하지만 영애가 설마 아키코에게 삐지거나 엇먹지는 않았으리라. 아키코는 베개로 허리를 펴며 팔뚝 시계를 다시 본다. 오정하고 십오 분 또 삼 분. 영애가 올 때가 되었는데, 망할 거 누가 채 갔나. 기지개를 한번 늘이고 드러누

우며 미닫이께로 고개를 가져간다. 문 아랫도리에 손가락 하나 드나들 만한 구멍이 뚫리었다. 주인마누라가 그제야 좀 화가 식었는지 안방으로 휘젓고 들어가는 치마꼬리가 보인다.

그리고 마루 뒤 주위에는 언제 꺾어다 꽂았는지 정종 병에 엉성히 뻗은 꽃가지. 붉게 핀 것은 복숭아꽃일 게고, 노랗게 척척 늘어진 저건 개나리다. 건넌방 문은 여전히 꼭 닫혔고, 뒷간에 가는 기색도 없다. 저 속에는 지금 제가 별명 진 톨스토이가 책상 앞에 웅크리고 앉아서 눈을 감고 앉았으리라. 올라가서 이야기 좀 하고 싶어도 구렁이 같은 주인마누라가 지키고 앉아서 감히 나오지를 못한다.

이것은 아키코가 안채의 기맥을 정탐하는 썩 필요한 구멍이었다. 뿐만 아니라 저녁나절에는 재미스러운 연극을 보는 한 요지경도 된다. 어느 때에는 영애와 같이 나란히 누워서 베개를 베고 하나 한 구멍씩 맡아 가지고 구경을 한다. 왜냐면 다섯 점 반쯤 되면 완전히 히스테리인 톨스토이의 누님이 공장에서 나오는 까닭이었다.

그 누님은 성질이 어찌 괄괄한지 대문간에서부터 들어오는 기색이 난다. 입을 다물고 눈살을 접은 그 얼굴을 보면 일상 마땅치 않은, 그리고 세상의 낙을 모르는 사람 같다. 어깨는 축 늘어지고 풀없어 보이면서 게다 걸음만 빠르다. 들어오면 우선 건넌방 툇마루에 다 빈 벤또를 쟁그렁, 하고 내다붙인다. 이것은 아우에게 시위도 되거니와 이래야 또 직성도 풀린다. 그리고 그는 눈을 휘둥그렇게 뜨고 사면의 불평을 찾기 시작한다마는 아우는 마당도 쓸어놓고, 부뚜막의 그릇도 치우고, 물독의 뚜껑도 잘 덮어놓았다. 신발장이라도 잘못 놓여야 트집을 걸 텐데 아주 말쑥하니까 물바가지를 땅으로 동댕이친다. 이렇게 불평을 찾다가 불평이 없어도 또한 불평이었다.

"마당을 쓸면 잘 쓸든지, 그릇에다 흙칠을 온통 해놨으니 이게 다 뭐냐?"

끝이 꼬부라진 그 책망, 아우는 속에서 끽소리 없다.

"밥을 얻어먹으면 밥값을 해야지, 늘 부처님같이 방구석에 꽉 앉았기만 하면 고만이냐?"

이것이 하루 몇 번씩 귀 아프게 듣는 인사이었다. 눈을 홉뜨고 서서, 문 닫힌 건넌방을 향하여 퍼붓는 포악이었다. 그런 때이면 야윈 목에 굵은 핏대가 불끈 솟고, 구부정한 허리로 게거품까지 흐른다. 그러나 이건 보통 때의 말이다. 어쩌다 공장에서 뒤를 늦게 본다고 감독에게 쥐어 박히거나 혹은 재봉 침에 엄지손톱을 박아서 반쯤 죽어 오는 적도 있다. 그러면 가뜩이나 급한 그 행동이 더 불이야 불이야 한다. 손에 잡히는 대로 그릇을 내던져 깨치며,

"왜 내가 이 고생을 해가며 널 먹이니, 응 이놈아?"

헐 없이 미친 사람이 된다. 아우는 그래도 귀가 먹은 듯이 잠자코 앉았다. 누님은 혼자 서서 제 몸을 들볶다가 나중에는 울음이 탁 터진다. 공장 살이에 받는 설움을 모두 아우의 탓으로 돌린다. 그러면 하릴없이 아우는 마당에 내려와서 누님의 어깨를 두 손으로 붙잡고,

"누님, 다 내가 잘못했수, 그만두."

하고 달래지 않을 수 없다.

"네가 이놈아! 내 살을 뜯어먹는 거야."

"그래 알았수, 내가 다 잘못했으니 그만둡시다."

"듣기 싫어, 물러나."

하고 벌떡 떠다밀면 땅에 펄썩 주저앉는 아우다. 열적은 듯, 죄송한 듯, 얼굴이 벌개서 털고 일어나는 그 아우를 보면 우습고도 일변 가여웠다. 그러나 더 우스운 것은 마루에서 저녁을 먹을 때의 광경이다. 누님이 밥을 퍼가지고 올라와서는 암말 없이 아우 앞으로 한 그릇을 쭉 밀어 놓는다. 그리고 자기는 자기대로 외면하여 푹푹 퍼먹고 일어선다. 물론 반찬도 각각 먹는 것이다. 아우는 군말 없이 두 다리를 세우고 눈을 내리깔고는 그 밥을 떠먹는다. 방에 앉아서, 주인마누라는 업신여기는 눈으로 은근히 흘겨 준다.

영애는 톨스토이가 너무 병신스러운 데 골을 낸다. 암만 얻어먹더라도 씩씩하게 대들질 못하고 저런, 저런. 그러나 아키코는 바보가 아니라, 사람이 너무 착해서 그렇다고 우긴다. 하긴 그렇다고 누님이 자기 밥을 얻어먹는 아우가 미워서 그런 것도 아니다.

나뭇잎이 등금등금 날리던 작년 가을이었다. 매일같이 하 들볶으니까 온다간다 말 없이 하루는 아우가 없어졌다. 이틀이 되어도 없고 사흘이 되어도 없고, 일주일이 썩 지나도 영 들어오지를 않는다. 누님은 아우를 찾으러 다니기에 눈이 뒤집혔다. 그렇게 착실히 다니던 공장에도 며칠씩 빠지고, 혹은 밥도 굶었다. 나중에는 아우가 한

을 품고 죽었나 보다고 집에 들어오면 마루에 주저앉아서 통곡이었다. 심지어 아키코의 손목을 다 붙잡고,

"여보! 내 아우 좀 찾아 주, 미치겠수."

"그렇지만 제가 어딜 간 줄 알아야지요."

"아니 그런 데 놀러 가거든 좀 붙들어 주, 부모 없이 불쌍히 자란 그놈이."

말끝도 다 못 마치고 이렇게 울던 누님이 아니었던가. 아흐레 만에야 아우를 남대문 밖 동무 집에서 찾아왔다. 누님은 기뻐서 또 울었다. 그리고 그 다음날부터 다시 들볶기 시작하였다. 이 속은 참으로 알 수 없고, 여북해야 아키코는 대문 소리만 좀 다르면,

"얘 영애야! 변덕쟁이 온다. 어서 이리 와."

하고 잇속 없이 신이 오른다. 아키코는 남모르게 톨스토이를 맘에 두었다. 꿈을 꾸어도 늘 울가망[6]으로 톨스토이가 나타나곤 한다. 꼭 발렌티노같이 두 팔을 떡 벌리고 하는 소리가, 오! 저는 당신을 사랑합니다. 이 가슴에 안겨 주소서. 그러나 생시에는 이놈의 톨스토이가 아키코의 애타는 속도 모르고 본 둥 만 둥이 아닌가. 손님에게 꼭 답장할 필요가 있어서,

"선생님! 저 연애편지 하나만 써주셔요."

아키코가 톨스토이를 찾아가면,

---

6) 울가망: 근심스럽거나 답답하여 기분이 나지 않음. 또는 그런 상태.

"저 그런 거 못 씁니다."

"소설 쓰는 이가 그래 연애편지를 못 써요?"

하고 어안이 벙벙해서 한참 쳐다본다. 책상 앞에서 늘 쓰고 있는 것이 소설이란 말은 여러 번이나 들었다. 그래 존경해서 선생님이라고 부르고 뒤에서는 톨스토이로 바치는데 그래 연애편지 하나 못 쓴다니 이게 말이 되느냐. 하도 기가 막혀서,

"선생님! 연애 해보셨어요?"

하면, 무안당한 계집애처럼 그만 얼굴이 벌개진다.

"전 그런 거 모릅니다."

아키코는 톨스토이가 저한테 홍미를 안 갖는 걸 알고 좀 샐쭉하였다. 카페서 구는 여급이라고 넘보는 맥인지 조선말로 부르면 흉해서 아키코로 행세는 하지만 영영 아키콘 줄 아나보다. 어쩌면 톨스토이가 흉측스럽게 아랫방 버스 걸과 눈이 맞았는지도 모른다. 왜냐하면 버스 걸이 나갈 때 그때쯤 해서 톨스토이가 세수를 하러 나오고 하는 것을 보았다. 그리고 옥생각[7]인지 몰라도 버스 걸도 요즘엔 버쩍 모양을 내기에 몸이 달았다. 며칠 전에 버스 걸이 거울과 가위를 손에 들고 아키코의 방엘 찾아왔다.

"언니, 나 이 머리 좀 잘라 주."

"건 왜 자르려구 그래? 그냥 두지."

7) 옥생각: 옹졸한 생각.

"날마다 머리 빗기가 귀찮아서 그래."

하고 좀 거북한 표정을 하더니,

"난 언니 머리가 좋아, 뭉툭한 게!"

웃음으로 겨우 버무린다. 하 조르므로 아키코도 그 좋은 머리를 아니 자를 수 없다. 가위에 힘을 주어 그 중턱을 툭 끊었다. 버스 걸은 손으로 만져 보더니 재겹게 기쁜 모양이다. 확 돌아앉아서 납죽한 주둥이로 해해 웃으며,

"언니 머리같이 더 좀 디려 잘라 주어요."

"더 자르믄 못써. 이만하면 좋지 않어?"

대고 졸랐으나 아키코는 머리를 버려 놀까 봐 더 응칠 않았다. 여기에 성이 바르르 나서 버스 걸은 제 방으로 가서는 제 손으로 더 몽총히 잘라 버렸다. 그 뜯어 논 머리에다 분을 하얗게 바르고는 아주 좋다고 나다니는 계집애다. 양말 뒤축에 빵꾸가 좀 나도 제 방 들어갈 제 뒤로 기어든다.

아침에 나갈 제 보면 버스 걸은 커단 책보를 옆에 끼고 아주 버젓하다. 처음에 아키코가 고등과에 다니는 학생인가, 한 것도 무리는 아니었다. 왜냐면 그 책보가 고등과에 다니는 책보같이 그렇게 탐스럽고 허울이 좋았다. 그러나 차차 알고 보니 보지도 않는 헌 잡지를 그렇게 포개고, 그 사이에 벤또를 꼭 물려서 싼 책보이었다. 벤또 하나만 싸면 공장의 계집애나 버스 걸로 알까 봐서 그 무거운 잡지책을 힘드는 줄도 모르고 들고 왔다 갔다 하는 것이 아니냐. 그래 놓

고는 저녁에 돌아올 때면 웬 도둑놈 같은 무서운 중학생 놈이 쫓아오고 한다고 늘 성화다.

"그놈 다리를 꺾어 놓지."

이렇게 딸의 비위를 맞추어 병든 아버지는 이불 속에서 큰소리다. 그리고 아침마다 딸 맘에 썩 들도록 그 책보를 싸는 것도 역시 그의 일이었다. 정성스레 귀를 내어 문 밖으로 두 손을 내받치며,

"얘! 일찌가니 돌아오너라, 감기 들라."

이런 걸 보면 영애는 또 마음에 마뜩치 않았다. 딸에게 구리칙칙이 구는 아버지는 보기가 개만도 못하다 했다. 그래 아키코와 쓸데없이 주고받고 다툰 일까지 있다.

"그럼 딸의 거 얻어먹구 그렇지도 않어?"

"그러니 더 든적스럽지[8] 뭐냐?"

"든적스럽긴 얻어먹는 게 든적스러, 몸에 병은 있구 그럼 어떡하니? 애두! 너무 빠장빠장 웃기는구나!"

아키코는 샐쭉이 토라지다 고개를 다시 돌리어 웅크려 뜯는 소리로,

"너 느 아버지가 팔아먹었다지, 그래 네 맘에 좋으냐?"

"애두! 절더러 누가 그런 소리 하라나?"

하고 영애는 더 덤비지 못하고 그제는 눈으로 치마를 걷어 올린다. 이렇게까지 영애는 그 병쟁이가 몹시도 싫었다. 누렇게 말라붙

---

8) 든적스럽다: 하는 짓 따위가 치사하고 더러운 데가 있다.

은 그 얼굴을 보고 김마까라는 병명을 지을 만치 그렇게 밉살스럽다. 왜냐면 어느 날 김마까가 영애를 방해하였다. 그날은 어쩐 일인지 김마까가 초저녁부터 딸과 싸운 모양이었다. 새로 두 점쯤 해서 영애가 들어오니까 둘이 소곤소곤하고 싸우는 맥이다. 가뜩이나 엄살을 부리는 데다 더 흉측을 떨며,

"어이쿠! 어이쿠! 하나님 맙시사!"

그렇지 않으면,

"하나님 날 잡아가지 왜 이리 남겨 두슈!"

아래, 위 칸을 흙벽으로 막았으면 좋을 걸 얇은 빈지를 들이고 종이로 발랐다. 위 칸에서 부시럭 소리만 나도 아래 칸까지 고대로 흘러든다. 그 벽에다 머리를 쾅쾅 부딪치며,

"어이구 이놈의 팔자두!"

제 깐에는 딸 앞에서 죽는다고 결기를 이는 꼴이다. 그러면 딸은 표독스러운 음성으로,

"누가 아버지보고 돌아가시랬어요? 괜히 남의 비위를 긁어 놓구 그러시네!"

"늙은이보구 담밸 끊으라는 게 죽으라는 게지 뭐야."

"그게 죽으라는 거야요? 남 들으면 정말로 알겠네."

딸이 좀 더 볼멘소리로 쏘아 박으니, 또다시,

"어이구! 이놈의 팔자두!"

벽에 머리를 부딪치며 어린애같이 깩깩 울고 앉았다. 질긴 귀로도

못 들을 징그러운 그 울음소리…….

가물에 빗방울같이 모처럼 끌고 왔던 영애의 손님이 이마를 접는다. 그리고 아무 말 없이 취한 걸음으로 비틀비틀 쪽마루로 내걷는다. 되는 대로 구두 짝이 끌린다.

"왜 가셔요?"

"요담 또 오지."

"여보세요! 이 밤중에 어딜 간다구 그러셔요?"

하고 대문간서 그 양복을 잡아챈다마는 허황한 손이 올라와 툭툭 털어 버리고,

"요담 또 오지."

그리고 천변을 끼고 비틀거리는 술 취한 걸음이다. 영애는 눈에 독이 잔뜩 올라서 한 전등이 둘 셋씩 보인다. 빈방 안에 홀로 누워서 입 속으로 김마까를 악담을 하며 눈물이 핑 돈다.

벌써 한 점 사십오 분. 영애는 디툭디툭 들어오며 살집 좋은 얼굴이 싱글벙글이다. 손에는 통통한 과자봉지. 미닫이를 여니 윗목 구석에 쓸어 박은 헌 양말짝, 때 전 속옷, 보기에 어수선산란하다.

"벌써 오니? 좀 더 있지."

"애두! 목욕허구 온단다."

"목욕은 혼자 가니?"

하고 좀 삐지려 한다.

"그래 너 주려구 과자 사왔어요."

"그럼 그렇지 우리 영애가!"

요강에서 손을 뽑으며 긴히 달겨든다. 아키코는 오줌을 눌 적마다 요강에 받아서는 이 손을 담그고 한참 있고 저 손을 담그고. 그러나 석 달이나 넘어 그랬건만 손결이 별로 고와진 것 같지 않다. 그 손을 수건에 닦고 나서,

"모두 나마카시(생과자)만 사왔구나."

우선 하나를 덥석 물어 뗀다.

"그 손으로 그냥 먹니? 애! 난 싫단다!"

"메 드러워? 저도 오줌을 누면서 그래."

"그래두 먹는 것허구 같으냐?"

하시반 영애는 아키코보다 마음이 훨씬 눅었다. 더 화내지 않고 그런 양으로 앉아서 같이 집어먹는다. 그의 마음에는 아키코의 생활이 몹시 부러웠다. 여러 손님의 사랑에 고이며 예쁜 얼굴을 자랑하는 아키코. 영애 자신도 꼭 껴안아 주고 싶은, 아담스러운 그런 얼굴이다.

"그인 은제 갔니?"

"새벽녘에 내뺐단다. 아주 숫배기야."

"넌 참 좋겠다. 나두 연애 좀 해봤으면!"

"허려무나, 누가 허지 말라니?"

"아니 너 같은 연애 싫어, 정신으로만 허는 연애 말이지."

하고 어딘가 좀 뒤둥그러진 소리.

"오! 보구만 속 태우는 연애 말이지?"

하긴 했으나 아키코는 어쩐지 영애에게 너무 심하게 한 듯싶었다. 가뜩이나 제 몸 못난 것을 은근히 슬퍼하는 애를…….

"얘! 별소리 말아요. 연애두 몇 번 해보면 다 시들해지는 걸 모르니? 난 일상 맘 편히 혼자 지내는 네가 부럽더라!"

하고 슬그머니 한번 문질러 주면,

"메가 부러워? 애두! 괜히 저러지."

영애는 이렇게 부인은 하면서도 벙싯하고 짜장 우월감을 느껴 보려 한다. 영애도 한 때에는 주체궂은 살을 말리고자 아편도 먹어 봤다. 남의 말대로 듬뿍 먹었다가 꼬박이 이틀 동안을 일어나지도 못하고 고생하던 생각을 하면 시방도 등어리가 선뜻하다. 그러나 영애에게도 어쩌다 엽서가 오는 것은 참 신통한 일이라 안 할 수 없다.

"또 뭐 뒤져 갔니?"

하고 영애는 의심이 나서 제 경대 서랍을 뒤져 본다. 과연 며칠 전 어떤 전문학교 학생에게서 받은, 끔찍이 귀한 연애편지가 또 없어졌다. 사내들은 어째서 남의 계집애 세간을 뒤져가기 좋아하는지, 그 심사는 참으로 알 수 없고.

"또 집어 갔구나, 이럼 난 모른단다!"

영애는 고만 울상이 된다.

"뭐?"

"편지 말이야!"

"무슨 편지를?"

"왜 요전에 받은 그 연애편지 말이야."

"저런! 그 망할 자식이 그건 뭣 하러 집어 가, 난 통히 보덜 못했는데, 수줍은 척하더니 아주 숭악한 자식이로군!"

아키코는 가는 눈썹을 더욱이 잰다. 그리고 무색한 듯 영애의 눈치만 한참 바라보더니,

"내 톨스토이보고 하나 써 달라마. 그럼 이 담 연애편지 쓸 때 그거 보구 쓰면 고만 아냐."

하고 곱게 달랜다. 그러나 과연 톨스토이가 하나 써줄는지 그것도 의문이다. 영애가 벌써 전부터 여기를 떠나자고 졸라도 좀좀 하고 망설이고 있는 아키코! 그런 성의를 모르고 톨스토이는 아키코를 보아도 늘 한 양으로 대단치 않게 지나간다. 그렇다고 한때는 버스 걸에게 맘을 두었나, 하고 의심을 해봤으나, 실상은 그런 것도 아닐 것이다.

낮에 사직동 공원으로 올라가면 아키코는 가끔 톨스토이를 만난다. 굵은 소나무 줄기에 등을 비겨 대고 먼 하늘만 정신없이 바라보고 섰는 톨스토이다. 아키코가 그 앞을 지나가도 못 본 척하고 들떠보도 않는다. 약이 올라서 속으로 망할 자식, 하고 욕도 하여 본다.

그러나 나중 알고 보면 못 본 척이 아니라, 사실 눈뜨고 못 보는 것이다. 그렇게 등신같이 한눈을 팔고 섰는 톨스토이다. 이걸 보면

아키코는 여자 고보를 중도에 퇴학하던 저의 과거를 연상하고 가엾은 생각이 든다. 누님에게 얻어먹고 저러고 있는 것이 오죽 고생이랴. 그리고 학교 때 수신 선생이 이야기하던 착하고 바보 같다던 그 톨스토이가 과연 저런 건지, 하고 객쩍은 조바심도 든다. 아키코는 기침을 캑 하고 그 앞으로 다가선다. 눈을 깜박깜박하며,

"선생님! 뭘 그렇게 생각하셔요?"

하고 불쌍한 낯을 하면,

"아니오."

하고 어색한 듯이 어물어물하고 만다.

"그렇게 섰지 마시고 좀 운동을 해보셔요."

하도 딱하여 아키코는 이렇게 권고도 하여 본다.

"오늘은 방을 좀 치워야 하겠소. 여기 내 조카도 지금 오고 했으니까."

주인마누라는 약이 바짝 올라서 매섭게 쏘아본다. 방에서만 꾸물꾸물 방패막이를 하고 있는 톨스토이가 여간 밉지 않다.

"아, 여보! 방의 세간을 좀 치워 줘요. 그래야 오는 사람이 들어가질 않소?"

"사날만 더 참아 줍쇼. 이번엔 꼭 내겠습니다."

"아니 뭐 사글세를 안 낸대서 그런 게 아니오. 내가 오늘부터 잘 데가 없고 이 방을 꼭 써야하겠기에 그래서 방을 내달라는 것이지."

양복바지를 거반 엉덩이에 걸친, 버드렁니가 이렇게 허리를 쓱 편

다. 주인마누라가 툭하면 불러온다던 저 조카라는 놈이 필연 이걸 게다. 혼자 독학으로 부청에까지 출세를 한 굉장한 사람이라고 늘 입에 침이 말랐다. 그러나 귀 처진 눈은 말고, 헤벌어진 입과 양복 입은 체격하고 별로 굉장한 것 같지 않다. 게다 얼짜가 분수없이 뻐팅기려고,

"참아 주시던 길이니 며칠만 더 참아 주십시오."

이렇게 애걸하면,

"아 여보! 당신도 그래 사람이오?"

하고 제법 삿대질까지 할 줄 안다.

"저런 자식두! 못두 생겼다. 저게 아마 경성부 고즈카이(용인)인 거지?"

"글쎄, 그래도 제법 넥타일 다 잡숫구."

하고 손가락이 들어가 문의 구멍을 좀 더 후벼판다마는 아키코는 구렁이(주인마누라)의 속을 빤안히 다 안다. 인젠 방세도 싫고 셋방 사람을 다 내쫓으려 한다. 김마까나 아키코는 겁이 나서 차마 못 건드리고 제일 만만한 톨스토이로부터 우선 몰아내려는 연극이었다.

"저 구렁이 좀 봐라, 옆에 서서 눈짓을 해가며 자꾸 시키지."

"글쎄 자식도 얼간이가 아냐? 즈 아즈멈 시키는 대로 놀구 섰게."

"어쭈, 얼짜가 뻐팅긴다. 지가 우와기[9]를 벗어 노면 어쩔 테야 그

9) 우와기: 상의, 윗저고리라는 의미의 일본어.

래? 자식두!"

"톨스토이가 잠자쿠 앉았으니까 약이 올라서 저래, 맛부리는 게 밉살머리궂지? 자식 그저 한 대 앵겨 줬으면."

"내가 한 대 먹이면 저거 고택골 간다. 그러니깐 아키코한테 감히 못 오지 않어."

주먹을 이렇게 들어 뵈다가 고만 영애의 턱을 치질렀다. 영애는 고개를 저리 돌리어 또 빼쭉하고,

"얘 이럼 난 싫단다!"

"누가 뭐 부러 그랬니, 또 빼쭉하게?"

하고 아키코도 좀 빼쭉하다가 슬슬 눙치며,

"그래 잘못했다. 고만두자, 쬐쬐쬐!"

영애의 턱을 손등으로 문질러 주고,

"재! 저것 봐라, 놈은 팔을 걷고 구렁이는 마루를 구르고 야단이다."

"얘 재밌다, 구렁이가 약이 바짝 올랐지?"

"저 자식 보게, 제 맘대로 남의 방엘 막 들어가지 않어?"

아키코가 영애에게 눈을 크게 뜨니까,

"뭐 일을 칠 것 같지? 병신이 지랄한다더니 정말인가베!"

"저 자식이 남의 세간을 제 맘대로 내놓질 않나? 경을 칠 자식!"

"그건 나무래 뭘 해. 그저 톨스토이가 바보야! 그래도 부처같이 잠자코 있지 않아. 세상엔 별 바보두 다 많어이!"

아키코는 그건 들은 체도 안 하고 대뜸 일어선다. 미닫이가 열리

자 우람스러운 걸음. 한숨에 툇마루로 올라서며 볼멘소리다.
"아니 여보슈! 남의 세간을 그래 맘대로 내놓는 법이 있소?"
"당신이 웬 챙견이오?"
얼짜는 톨스토이의 책상을 들고 나오다, 방문턱에 우뚝 멈춘다. 눈을 휘둥그렇게 뜨고 주저주저하는 양이 대담한 아키코에 적이 놀란 모양…….
"오늘부터 내가 여기서 자야 할 테니까……. 그래서……. 방을 치는데……."
얼짜는 주변성 없는 말로 이렇게 굴다가,
"당신 맘대로 방을 치는 거요?"
"그럼 내 방 내 맘대로 치지 뉘게 물어 본단 말이유?"
하고 제법 을딱딱이긴 했으나 뒷갈망은 구렁이에게 눈짓을 슬슬 한다.
"그렇지, 내 방 내가 치는 데 누가 뭐 하러 있나?"
"당신 맘대룬 안 되우, 그 책상 도루 저리 갖다 놓우. 사글세를 내란다든지 하는 게 옳지, 등을 밀어 내쫓는 경우가 어디 있단 말이오?"
"아니 아키코는 제 거나 낼 생각 하지 웬 걱정이야? 저리 비켜 서!"
구렁이는 문을 막고 섰는 아키코의 팔을 잡아당긴다. 여편네는 찍소리 없이 눌려 왔지만 오늘은 얼짜를 잔뜩 믿는 모양이다. 이걸 보고 옆에 섰던 영애가 또 아니꼬워서,

"제 거라니? 누구보고 저야. 이 늙은이가 눈깔 뺐나?"

하고 그 팔을 뒤로 확 잡아챈다. 늙은 구렁이와 영애는 몸 중량의 비례가 안 된다. 제풀에 비틀비틀 돌더니 벽에 가 쿵 하고 쓰러진다. 그러나 눈을 감고 턱이 떨리는 아이고 소리는 엄살이다. 얼짜가 문턱에 책상을 떨구더니 용감히 홱 넘어 나온다. 아키코는 저 자식이 달마찌의 흉내를 내는구나, 할 동안도 없이 영애의 뺨이 짤꺽…….

"이년아! 늙은이를 쳐?"

"아 이 자식 보래! 누구 뺨을 때려?"

아키코는 악을 지르며 그 혁대를 뒤로 잡아 낚아챈다. 마루 위에 놓였던 다듬잇돌에 걸리어 얼짜는 엉덩방아를 쿵 하고. 잡은 참 날아드는 숯보늬[10]는 독 오른 영애의 분풀이다. 그러자 또 아랫방 문이 확 열리고, 지팡이가 김마까를 끌고 나온다.

"이 자식이 웬 자식인데 남의 계집애 뺨을 때려? 원 이런 망하다 판이 날 자식이, 눈에 아무것두 뵈질 않나……. 세상이 망한다 망한다 한대두만 이런 자식은."

김마까는 뜰에서부터 사방이 들으라고 와짝 떠들며 올라온다. 구렁이한테 늘 쪼여 지내던 원한의 복수로. 아키코와 서로 멱살잡이로 섰는 얼짜의 복장을 지팡이로 내지른다.

"이런 염병을 하다 땀통이 끊어질 자식이 있나!"

---

10) 보늬: 밤이나 도토리 따위의 속껍질.

그와 동시에 김마까는 검불같이 뒤로 벌렁 나자빠졌다. 내댔던 지팡이가 도로 물러오며 바짝 마른 허구리를 쳤던 것이다. 개신개신 몸을 일으킵으며 김마까는 구시월 서리 맞은 독사가 된다.

"이 자식아! 너는 니 애비두 없니?"

대뜸 지팡이는 날아들어 얼짜의 귓배기를 내리갈긴다. 딱 하고 뼈닿는 무딘 소리. 얼짜는 고개를 푹 꺾고 귀에 두 손을 들이대자 죽은 듯이 꼼짝 못한다. 아키코도 얼짜에게 빰 한 대를 얻어맞고 울고 있었다. 이 좋은 기회를 타서 얼짜의 등 뒤로 빨간 얼굴이 달려든다. 이건 권투 식으로 집어셀까 하다 그대로 그 어깻죽지를 뒤로 물고 늘어진다. 아, 아, 이렇게 외마디 소리로 아가리를 딱딱 벌린다. 그리고 뒤통수로 암팡스레 날아든 것은 영애의 주먹이다. 톨스토이는 모두가 미안쩍고, 따라 제풀에 지질려서 어쩔 술을 모른다. 옆에서 눈을 흘기는 영애도 모르고,

"노세요, 고만 노세요, 어떡헙니까?"

하며 아키코의 등을 두 손으로 흔든다. 구렁이도 벌벌 떨어 가며,

"이년이 사람을 뜯어먹을 텐가, 안 놓니 이거 안 놔?"

아키코를 대고 잡아당기며 얼른다. 그러나 잡아당기면 당길수록 얼짜는 소리를 더 지른다. 이러다간 일만 더 크게 벌어질 걸 알고 구렁이는 간이 고만 달룽한다. 이 사품에 안방 미닫이는 설쭉이 부러지고 뒤주 위에 얹었던 대접이 둘이나 떨어져 깨졌다. 잔뜩 믿었던 조카는 저렇게 죽게 되고. 이러단 방은커녕 사람을 잡겠다, 생각하

고 그는 온몸이 덜덜 떨리었다. 게다 모질게 내려치는 김마까의 지팡이…….

구렁이는 부리나케 대문 밖으로 나왔다. 골목길을 내려오며 뒤에 날리는 치맛자락에 바람이 났다.

"사글세를 내랬으면 좋지, 내쫓으려고 하니까 그렇게 분란이 일구하는 게 아니야?"

"아닙니다. 누가 내쫓으려고 그래요. 세를 내라구 그러니깐 그렇게 아키코란 년이 올라와서 온통 사람을 뜯어먹고 그러는군요!"

"말 마라. 내쫓으려구 헌 걸 아는데 그래, 요전에도 또 한 번 그런 일이 있었지?"

순사는 노파의 뒤를 따라오며 나른한 하품을 주먹으로 끈다. 툭하면 와서 찐대를 붙는 노파의 행세가 여간 귀찮지 않다. 조그맣게 말라붙은 노파의 센 머리 쪽을 바라보며,

"올해 몇 살이야?"

"그년 열아홉이죠. 그런데 그렇게……."

"아니 노파 말이야?"

"네, 제 나이요? 왜 쉰일곱이라고 전번에 여쭀지요. 그런데 이 고생을 하는군요."

하고 궁상스레 우는 소리다. 노파는 김마까보다도 톨스토이보다도 아키코가 가장 미웠다. 방세를 받을래도 중뿔나게 가로맡아서 지랄하기가 일쑤요, 또 밤낮 듣기 싫게 창가 질이요, 게다 세숫물을 버

려도 일부러 심청 궂게 안마루 끝으로 홱 끼얹는 아키코. 이년을 이번에는 경을 흠씬 치도록 해야 할 텐데, 속이 간질대서 그는 총총걸음을 치다가 돌부리에 채여 고만 나가동그러진다. 그 바람에 쓰레기통 한 귀에 내뻗은 못에 가서 치맛자락이 찌익 하고 찢어진다.

"망할 자식 같으니, 쓰레기통의 못두 못 박았나!"

하고 흙을 털고 일어나며 역정이 난다. 그 꼴을 보고 순사는 손으로 웃음을 가린다.

"그 봐! 이젠 다시 오지 마라, 이번엔 할 수 없지만 또다시 오면 그땐 노파를 잡아갈 테야?"

"네—. 다시 갈 리 있겠습니까. 그저 이번에 그 아키코란 년만 흠씬 버릇을 고쳐 주십시오. 늙은이보구 욕을 않나요, 사람 치질 않나요! 그리고 아직 핏대도 다 안 마른 년이 서방이 몇인지 수가 없어요!"

순사는 코대답을 해가며 귓등으로 듣는다. 너무 많이 들어서 인제는 흥미를 놓친 까닭이었다. 갈팡질팡 문지방을 넘다, 또 고꾸라지려는 노파를 뒤로 부축하여 눈살을 찌푸린다. 알고 보니 짐작대로 노파 허통에 또 속은 모양이었다. 살인이 났다고 짓떠들더니 임장[11] 하여 보니까 조용한 집안에 웬 낯선 양복쟁이 하나만 마루 끝에서 천연스레 담배를 피울 뿐이다. 그리고는 장독 사이에서 왔다 갔다

---

11) 임장: 어떤 일이나 문제가 일어난 현장에 나옴.

하며 뭘 주워 먹는 생쥐가 있을 뿐 신발짝 하나 난잡히 놓이지 않았다. 하 어처구니가 없어서,

"어서 죽었어?"

"어이구 분해! 이것들이 또 저를 고랑땡을 먹이는군요! 입때까지 저 마루에서 치고 차고 깨물고 했답니다."

노파는 이렇게 주먹으로 복장을 찧으며 원통한 사정을 하소한다. 왜냐면 이것들이 이 기맥을 벌써 눈치 채고 제각기 헤져서 아주 얌전히 박혀 있다. 아키코는 문을 닫고 제 방에서 콧노래를 부르고, 지팡이를 들고 날뛰던 김마까는 언제 그랬더냔 듯이 제 방에서 끙끙, 여전한 신음 소리. 이렇게 되면 이번에도 또 자기만 나무라키게 될 것을 알고,

"어이구 분해! 어이구 분해!"

주먹으로 복장을 연방 두들기다 조카를 보고,

"얘 넌 어떻게 돼서 이렇게 혼자 앉었니?"

"뭘 어떻게 돼요, 되긴?"

하고 눈을 지릅뜨는 그 대답은 썩 퉁명스럽고 걱세다. 이런 화중으로 끌고 온 아즈멈이 몹시도 밉고 원망스러운 눈치가 아닌가. 이걸 보면 경은 무던히 치고 난 놈이다.

"어이구 분해! 너꺼정 이러니!"

"뭘 분해? 이 망할 것아!"

순사는 소리를 빽 지르고 도로 돌아서려 한다.

"나리! 저 좀 보세요. 문 부서진 것하구 대접 깨진 걸 보서두 알지 않어요?"

"어떤 조카가 죽었어, 그래?"

"이것이 그렇게 죽도록 경을 치고도 바보가 돼서 이래요!"

"바보면 죽어두 사나?"

하고 순사는 고개를 디밀어 마루께를 살펴보니 딴은 그릇이 깨지고 문은 부서졌다. 능글맞은 노파가 일부러 그런 줄은 아나, 그렇다고 책임상 그냥 가기도 어렵다. 퍽도 극성스러운 늙은이라 생각하고,

"누가 그랬어, 그래?"

"저 아키코가 혼자 그랬어요!"

"아키코! 고반(파출소)까지 같이 가."

"네! 그러세요."

하도 여러 번 겪는 일이라, 이제는 아주 익숙하다. 저고리를 갈아입으며 웃는 얼굴로 내려온다. 그러나 순사를 따라 대문을 나설 적에는 고개를 모로 돌리어 구렁이에게 몹시 눈총을 준다. 순사는 아키코를 데리고 느른한 걸음으로 골목을 꼽든다. 쪽다리를 건너니 화창한 사직원 마당, 봄이라고 땅의 잔디는 파릇파릇 돋았다. 저 위에선 투덕거리는 빨래 소리. 한옆에선 풋볼을 차느라고 날뛰고 떠들고 법석이다. 뿌웅, 하고 음충맞게 내대는 자동차의 사이렌. 남치마에 연분홍 저고리가 버젓이 활을 들고 나온다. 그리고 키 훌쩍 큰 놈팡이는 돈지갑을 내든다.

"너 왜 또 말썽이냐?"

하고 순사는 고개를 돌리어 아키코를 씽긋이 흘겨본다. 그는 노파가 왜 그렇게 아키코를 못 먹어서 기를 쓰는지 영문을 모른다. 노파의 눈에도 아키코가 좀 귀여울 텐데, 그렇게 미울 때에는 아마 아키코가 뭘 좀 먹이질 않아 그랬는지 모른다. 그렇지 않으면 다른 사람 다 제쳐놓고 아키코만 씹을 리가 없다. 생각하다가,

"뭘 말썽이유, 내가?"

"네가 뭐 쥔마누라를 깨물고 사람을 죽이고 그런다며? 그리구 요전에도 카페서 네가 손님을 쳤다는 소문도 들리지 않니?"

하고 눈살을 접고 웃어 버린다. 얼굴 똑똑한 것이 아주 할 수 없는 계집애라고 돌릴 수밖에 없다.

"난 그런 거 몰루!"

아키코는 땅에 침을 탁 뱉고 아주 천연스레 대답한다. 그리고 사직원의 문간쯤 와서는,

"이 담 또 만납시다."

제멋대로 작별을 남기고 저는 저대로 산 쪽으로 올라온다. 활텃길로 올라오다 아키코는 궁금하여 뒤를 한번 돌아본다. 너무 기가 막혀서 벙벙히 바라보고 있다가 다시 주먹으로 나른한 하품을 끄는 순사. 한편에선 날뛰고, 자빠지고, 쾌활히 공을 찬다. 아키코는 다시 올라가며 저도 남자가 됐더라면 '풋볼'을 차볼걸 하고 후회가 막급이다. 그리고 산을 한 바퀴 돌아 내려가서는 이번엔 장독대 위에 요강

을 버리리라 결심을 한다. 구렁이는 장독대 위에 오줌을 버리면 그것처럼 질색이 없다.

"망할 년! 이 담에 봐라! 내 장독 위에 오줌까지 깔길 테니!"

이렇게 아키코는 몇 번, 몇 번 결심을 한다.

《조광16(1937. 2.)》

김동인

단편선

김동인 단편선

배따라기

배따라기

1

좋은 일기이다.

좋은 일기라도, 하늘에 구름 한 점 없는……. 우리 '사람'으로서는 감히 접근 못 할 위엄을 가지고, 높이서 우리 조고만 '사람'을 비웃는 듯이 내려다보는, 그런 교만한 하늘은 아니고, 가장 우리 '사람'의 이해자인 듯이 낮추 뭉글뭉글 엉기는 분홍빛 구름으로서 우리와 서로 손목을 잡자는 그런 하늘이다. 사랑의 하늘이다.

나는, 잠시도 멎지 않고 푸른 물을 황해로 부어내리는 대동강을 향한, 모란봉 기슭 새파랗게 돋아나는 풀 위에 뒹굴고 있었다.

2

이날은 삼월 삼질[1], 대동강에 첫 뱃놀이하는 날이다. 까맣게 내려다보이는 물 위에는, 결결이 반짝이는 물결을 푸른 놀잇배들이 타고 넘으며, 거기서는 봄 향기에 취한 형형색색의 선율이, 우단[2]보다도 부드러운 봄 공기를 흔들면서 날아온다. 그러고 거기서 기생들의 노래와 함께 날아오는 조선 아악(雅樂)[3]은 느리게, 길게, 유창하게, 부드럽게, 그러고 또 애처롭게, 모든 봄의 정다움과 끝까지 조화하지 않고는 안 두겠다는 듯이, 대동강에 흐르는 시커먼 봄물, 청류 벽에 돋아나는 푸르른 풀어음[4], 심지어 사람의 가슴속에 봄에 뛰노는 불붙는 핏줄기까지라도, 습기 많은 봄 공기를 다리 놓고 떨리지 않고는 두지 않는다.

봄이다. 봄이 왔다.

부드럽게 부는 조고만 바람이, 시커먼 조선 솔[5]을 꿰며, 또는 돋아나는 풀을 슬치고 지나갈 때의 그 음악은, 다른 데서는 듣지 못할 아름다운 음악이다.

아아, 사람을 취케 하는 푸르른 봄의 아름다움이여! 열다섯 살부

---

1) 삼질: 삼짇날(음력 삼월 초사흗날).
2) 우단: 벨벳(거죽에 곱고 짧은 털이 촘촘히 돋게 짠 비단).
3) 아악(雅樂): 삼부악의 하나. 예전에 우리나라에서 의식 따위에 정식으로 쓰던 음악으로, 고려 예종 때 중국 송나라에서 들여왔던 것을 조선 세종이 박연에게 명하여 새로 완성시켰다.
4) 풀어음: 풀이 바람에 흔들리면서 서로 부딪쳐 나는 소리를 말하는 소리에 비유하여 이르는 말.
5) 솔: 소나무

터의 동경(東京) 생활에, 마음껏 이런 봄을 보지 못하였던 나는, 늘 이것을 보는 사람보다 곱 이상의 감명을 여기서 받지 않을 수 없다.

평양성 내에는, 겨우 툭툭 터진 땅을 헤치면 파릇파릇 돋아나는 나무새기와 돋아나려는 버들의 어음으로 봄이 온 줄 알 뿐 아직 완전히 봄이 안 이르렀지만, 이 모란봉 일대와 대동강을 넘어 보이는 가나안 옥토[6]를 연상시키는 장림(長林)[7]에는 마음껏 봄의 정다움이 이르렀다.

그러고 또 꽤 자란 밀 보리들로 새파랗게 장식한 장림의 그 푸른 빛. 만족한 웃음을 띠고 그 벌에 서서 내다보는 농부의 모양은 보지 않아도 생각할 수가 있다.

구름은 자꾸 하늘을 날아다니는 모양이다. 그 밀 위에 비치었던 구름의 그림자는 그 구름과 함께 저편으로 물러가며, 거기는 세계를 아까 만들어 놓은 것 같은 새로운 녹빛이 펴져 나간다. 바람이나 조곰 부는 때는 그 잘 자란 밀들은 물결같이 누웠다 일어났다 일록일청(一綠一靑)[8]으로 춤을 춘다. 그리고 봄의 한가함을 찬송하는 솔개들은, 높은 하늘에서 동그라미를 그리면서 더욱더 아름다운 봄에 향기로운 정취를 더한다.

"다스한 봄정에 솟아나리다. 다스한 봄정에 솟아나리다."

---

6) 가나안 옥토: 팔레스타인 요르단 강 서쪽 지역의 옛 이름.
7) 장림(長林): 길게 뻗쳐 있는 숲.
8) 일록일청(一綠一靑): 한편으로는 녹색이고, 한편으로는 청색이다.

나는 두어 번 소리 나게 읊은 뒤에 담배를 붙여 물었다. 담뱃내는 무럭무럭 하늘로 올라간다.

하늘에도 봄이 왔다. 하늘은 낮았다. 모란봉 꼭대기에 올라가면 넉넉히 만질 수가 있으리만큼 하늘은 낮다. 그리고 그 낮은 하늘보담은 오히려 더 높이 있는 듯한 분홍빛 구름은 뭉글뭉글 엉기면서 이리저리 날아다닌다.

나는 이러한 아름다운 봄 경치에 이렇게 마음껏 봄의 속삭임을 들을 때는 언제든 유토피아를 아니 생각할 수 없다. 우리가 시시각각으로 애를 쓰며 수고하는 것은, 그 목적은 무엇인가. 역시 유토피아 건설에 있지 않을까. 유토피아를 생각할 때는 언제든 그 '위대한 인격의 소유자'며 '사람의 위대함을 끝까지 즐긴' 진나라 시황(秦始皇)을 생각지 않을 수 없다.

우리가 어찌하면 죽지를 아니할까 하여, 소년 삼백을 배에 태워 불사약을 구하려 떠나보내며, 예술의 사치를 다하여 아방궁을 지으며, 매일 신하 몇 천 명과 잔치로써 즐기며, 이리하여 여기 한 유토피아를 세우려던 시황은, 몇 만의 역사가가 어떻다고 욕을 하든, 그는 참말로 인생의 향락자이며 역사 이후의 제일 큰 위인이라고 할 수가 있다. 그만한 순전한 용기 있는 사람이 있고야 우리 인류의 역사는 끝이 날지라도 한 '사람'을 가졌었다고 할 수 있다.

"큰사람이었었다."

하면서 나는 머리를 흔들었다.

이때다, 기자묘 근처에서 무슨 슬픈 음률이 봄 공기를 진동시키며 날아오는 것이 들렸다.

나는 무심코 귀를 기울였다.

'영유 배따라기'다. 그것도 웬만한 광대나 기생은 발꿈치에도 밎지 못하리만큼, 그만큼 그 배따라기의 주인은 잘 부르는 사람이었다.

비나이다, 비나이다.
산천후토 일월성신 하나님전 비나이다.
실날같은 우리 목숨 살려 달라 비나이다.
에—야, 어그여지야.

여기까지 이르렀을 때에 저편 아래 물에서 장고(長鼓) 소리와 함께 기생의 노래가 울리어 오며 배따라기는 그만 안 들리게 되었다.

나는 이 년 전 한여름을 영유서 지내 본 일이 있다. 배따라기의 본고장인 영유를 몇 달 있어 본 사람은 그 배따라기에 대하여 언제든 한 속절없는 애처로움을 깨달을 것이다.

영유, 이름은 모르지만 ×산에 올라가서 내다보면 앞은 망망한 황해이니, 그곳 저녁때의 경치는 한번 본 사람은 영구히 잊을 수가 없으리라. 불덩이 같은 커다란 시뻘건 해가 남실남실 넘치는 바다에 도로 빠질 듯 도로 솟아오를 듯 춤을 추며, 거기서 때때로 보이지 않는 배에서 '배따라기'만 슬프게 날아오는 것을 들을 때엔 눈물 많은 나는 때때로 눈물을 흘렸다. 이로 보아서, 어떤 원의 아내가 자기의 모든 영화를 낡은 신같이 내어던지고 뱃사람과 정처 없는 물길을 떠났다 함도 믿지 못할 말이랄 수가 없다.

영유서 돌아온 뒤에도 그 '배따라기'는 내 마음에 깊이 새기어져 잊으려야 잊을 수가 없었고, 언제 한번 다시 영유를 가서 그 노래를 한 번 더 들어 보고 그 경치를 다시 한 번 보고 싶은 생각이 늘 떠나지를 않았다.

3

장고 소리와 기생의 노래는 멎고 배따라기만 구슬프게 날아온다. 결결이 부는 바람으로 말미암아 때때로는 들을 수가 없으되, 나의 기억과 곡조를 종합하여 들은 배따라기는 이 대목이다.

강변에 나왔다가
나를 보더니만
혼비백산하여
꿈인지 생시인지
와르륵 달려들어
섬섬옥수로 부쳐 잡고

호천망극 하는 말이
하늘로서 떨어지며
땅으로서 솟아났나
바람결에 묻어오고
구름길에 쌔여 왔나
이리 서로 붙들고 울음 울 제
인리 제인이며
일가친척이 모두 모여

여기까지 들은 나는 마침내 참지 못하고 벌떡 일어서서 소나무 가지에 걸었던 모자를 내려 쓰고, 그곳을 찾으러 모란봉 꼭대기에 올라섰다. 꼭대기는 좀 더 노랫소리가 잘 들린다. 그는, 배따라기의 맨 마지막, 여기를 부른다.

밥을 빌어서
죽을 쑬지라도
제발 덕분에
뱃놈 노릇은 하지 마라
에— 야 어그여지야

그의 소리로써 방향을 찾으려던 나는 그만 그 자리에 섰다.

"어딘가? 기자묘? 혹은 을밀대(乙密臺)?"

그러나 나는 오래 서 있을 수가 없었다. 어떻든 찾아보자 하고, 현무문으로 가서 문 밖에 썩 나섰다. 기자묘의 깊은 솔밭은 눈앞에 쫙 퍼진다.

"어딘가?"

나는 또 물어 보았다.

이때에 그는 또다시 배따라기를 시초부터 부른다. 그 소리는 왼편에서 온다.

왼편이구나 하면서, 소리 나는 곳을 더듬어서 소나무 틈으로 한참 돌다가, 겨우, 기자묘치고는 그중 하늘이 넓고 밝은 곳에 혼자서 뒹굴고 있는 그를 찾아내었다. 나의 생각한 바와 같은 얼굴이다. 얼굴, 코, 입, 눈, 몸집이 모두 네모나고 그의 이마의 굵은 주름살과 시커먼 눈썹은 고생 많이 함과 순진한 성격을 나타낸다.

그는 어떤 신사가 자기를 들여다보는 것을 보고 노래를 그치고 일어나 앉는다.

"왜? 그냥 하지요."

하면서 나는 그의 곁에 가 앉았다.

"머……."

할 뿐 그는 눈을 들어서 터진 하늘을 쳐다본다.

좋은 눈이었다. 바다의 넓고 큼이 유감없이 그의 눈에 나타나 있다. 그는 뱃사람이라 나는 짐작하였다.

“고향이 영유요?”

“예, 머, 영유서 나기는 했디만 한 이십 년 영윤 가보디두 않았시요.”

“왜, 이십 년씩 고향엘 안 가요?”

“사람의 일이라니 마음대로 됩데까?”

그는, 왜 그러는지, 한숨을 짓는다.

“거저, 운명이 데일 힘셉디다.”

운명의 힘이 제일 세다는 그의 소리는 삭이지 못할 원한과 뉘우침이 섞여 있다.

“그래요?”

나는 다만 그를 건너다볼 뿐이다.

한참 잠잠하니 있다가 나는 다시 말하였다.

“자, 노형의 경험담이나 한번 들어 봅시다. 감출 일이 아니면 한번 이야기해 보소.”

“머, 감출 일은…….”

“그럼, 어디 들어 봅시다 그려.”

그는 다시 하늘을 쳐다보았다. 그러나 좀 이따가,

“하디요.”

하면서 내가 담배를 붙이는 것을 보고 자기도 담배를 붙여 물고 이야기를 꺼낸다.

“닞히디두 않는 십구 년 전 팔월 열하룻날 일인데요.”

하면서 그가 이야기한 바는 대략 이와 같은 것이다.

4

그의 살던 마을은 영유 고을서 한 이십 리 떠나 있는, 바다를 향한 조고만 어촌이다. 그의 살던 조고만 마을(서른 집쯤 되는)에서는 그는 꽤 유명한 사람이었다.

그의 부모는 모두 열댓 세 났을 때 돌아갔고, 남은 사람이라고는 곁집에 딴살림하는 그의 아우 부처와 그 자기 부처뿐이었다. 그들 형제가 그 마을에서 제일 부자이고 또 제일 고기잡이를 잘하였고 그중 글이 있었고 배따라기도 그 마을에서 빼나게 그 형제가 잘 불렀다. 말하자면 그 형제가 그 동네의 대표적 사람이었다.

팔월 보름은 추석 명절이다. 팔월 열하룻날 그는 명절에 쓸 장도 볼 겸, 그의 아내가 늘 부러워하는 거울도 하나 사올 겸, 장으로 향하였다.

"당손네 집에 있는 것보다 큰 것이요. 닞디 말구요."

그의 아내는 길까지 따라 나오면서 잊지 않도록 부탁하였다.

"안 닞어."

하면서 그는 떠오르는 새빨간 햇빛을 앞으로 받으면서 자기 마을을 나섰다.

그는 아내를(이렇게 말하기는 우습지만) 고와했다. 그의 아내는 촌에는 드물도록 연연하고도 예쁘게 생겼다(그는 나에게 이렇게 말하였다).

"성내(평양) 덴줏골(갈보촌)을 가두 그만한 거 쉽디 않갔시요."

그러니까 촌에서는, 그리고 그 당시에는 남에게 우습게 보이도록 그 내외의 새[9]는 좋았다. 늙은이들은 계집에게 혹하지 말라고 흔히 그에게 권고하였다.

부처의 새는 좋았지만…… 아니 오히려 좋으므로 그는 아내에게 샘을 많이 하였다. 그러고 그의 아내는 시기를 받을 일을 많이 하였다. 품행이 나쁘다는 것이 아니라, 그의 아내는 대단히 천진스럽고 쾌활한 성질로서 아무에게나 말 잘하고 애교를 잘 부렸다.

그 동네에서는 무슨 명절이나 되면, 집이 그중 정결함을 핑계 삼아 젊은이들은 모두 그의 집에 모이고 하였다. 그 젊은이들은 모두 그의 아내에게 '아즈마니'라 부르고, 그의 아내는 '아즈바니 아즈바니' 하며 그들과 지껄이고 즐기며, 그 웃기 잘 하는 입에는 늘 웃음을 흘리고 있었다. 그럴 때마다 그는 한편 구석에서 눈만 힐근거리며 있다가 젊은이들이 돌아간 뒤에는 불문곡직하고 아내에게 덤벼들어 발길로 차고 때리며, 이전에 사다 주었던 것을 모두 걷어 올린다. 싸움을 할 때에는 언제든 곁집에 있는 아우 부처가 말리러 오며, 그렇게 되면 언제든 그는 아우 부처까지 때려 주었다.

그가 아우에게 그렇게 구는 데는 이유가 있었다. 그의 아우는, 시골 사람에게는 쉽지 않도록 늠름한 위엄이 있었고, 맨날 바닷바람을 쏘였지만 얼굴이 희었다. 이것 뿐으로도 시기가 된다 하면 되지만, 특별히 아내가 그의 아우에게 친절히 하는 데는, 그는 속이 끓어 못

9) 새: 사이

견디었다.

그가 영유를 떠나기 반 년 전쯤…… 다시 말하자면 그가 거울을 사러 장에 갈 때부터 반 년 전쯤 그의 생일날이었다. 그의 집에서는 음식을 차려서 잘 먹었는데, 그에게는 괴상한 버릇이 있었으니, 맛있는 음식은 남겨 두었다가 좀 있다 먹고 하는 것이 습관이었다.

그의 아내도 이 버릇은 잘 알 터인데 그의 아우가 점심때쯤 오니까, 아까 그가 아껴서 남겨 두었던 그 음식을 아우에게 주려 하였다. 그는 눈을 부릅뜨고 '못 주리라'고 암호하였지만 아내는 그것을 보았는지 못 보았는지 그의 아우에게 주어 버렸다. 그는 마음속이 자못 편치 못하였다. '트집만 있으면 이년을……' 그는 마음먹었다.

그의 아내는 시아우에게 상을 준 뒤에 물러오다가 그만 그의 발을 조금 밟았다.

"이년!"

그는 힘껏 발을 들어서 아내를 냅다 찼다. 그의 아내는 상 위에 거꾸러졌다가 일어난다.

"이년, 사나이 발을 짓밟는 년이 어디 있어!"

"거 좀 밟아서 발이 부러졌쉐까?"

아내는 낯이 새빨개져서 울음 섞인 소리로 고함친다.

"이년! 말대답이……."

그는 일어서서 아내의 머리채를 휘어잡았다.

"형님! 왜 이리십니까."

아우가 일어서면서 그를 붙잡았다.

"가만있거라, 이놈의 자식."

하며 그는 아우를 밀친 뒤에 아내를 되는 대로 내리찧었다.

"죽일 년, 이년! 나가거라!"

"죽에라, 죽에라! 난, 죽어도 이 집에선 못 나가!"

"못 나가?"

"못 나가디 않구. 뉘 집이게……."

이때다. 그의 마음에는 그 '못 나가겠다'는 아내의 마음이 푹 들이박혔다. 그 이상 때리기가 싫었다. 우두커니 눈만 흘기고 있다가 그는,

"망할 년, 그럼 내가 나갈라."

하고 그만 문 밖으로 뛰어나와서,

"형님, 어디 갑니까."

하는 아우의 말에는 대답도 안 하고, 곁동네 탁주집으로 뒤도 안 돌아보고 가서, 거기 있는 술 파는 계집과 술상 앞에 마주 앉았다.

그날 저녁 얼근히 취한 그는 아내를 위하여 떡을 한 돈 어치 사가지고 집으로 돌아왔다.

이리하여 또 서너 달은 평화가 이르렀다. 그러나 이 평화가 언제까지든 계속될 수가 없었다. 그의 아우로 말미암아 또 평화는 쪼개져 나갔다.

오월 초승부터 영유 고을 출입이 잦던 그의 아우는, 오월 그믐께부터는 고을서 며칠씩 묵어 오는 일이 많았다. 함께, 고을에 첩을 얻

어두었다는 소문이 퍼졌다. 이 소문이 있은 뒤는 아내는 그의 아우가 고을 들어가는 것을 벌레보다도 더 싫어하고, 며칠 묵어나 오는 때면 곧 아우의 집으로 가서 그와 담판을 하며 심지어 동서 되는 아우의 처에게까지 못 가게 하지 않는다고 싸우는 일이 있었다. 칠월 초승께 그의 아우는 고을에 들어가서 열흘쯤 묵어 온 일이 있었다. 이때도 전과 같이 그의 아내는 그의 아우며 제수와 싸우다 못하여, 마침내 그에게까지 와서 아우가 그런 못된 데를 다니는 것을 그냥 둔다고, 해보자 한다. 그 꼴을 곱게 보지 않았던 그는 첫마디로 고함을 쳤다.

"네게 상관이 무에가? 듣기 싫다."

"못난둥이. 아우가 그런 델 댕기는 걸 말리디두 못하구!"

분김에 이렇게 그의 아내는 고함쳤다.

"이년, 무얼?"

그는 벌떡 일어섰다.

"못난둥이!"

그 말이 채 끝나기 전에 그의 아내는 악 소리와 함께 그 자리에 거꾸러졌다.

"이년! 사나이에게 그 따윗 말버릇 어디서 배완!"

"에미네 때리는 건 어디서 배왔노! 못난둥이."

그의 아내는 울음소리로 부르짖었다.

"샹년 그냥? 나갈, 우리 집에 있디 말구 나갈."

그는 내리찧으면서 부르짖었다. 그리고 아내를 문을 열고 밀쳤다.

"나가디 않으리!"

하고 그의 아내는 울면서 뛰어나갔다.

"망할 년!"

토하는 듯이 중얼거리고 그는 그 자리에 주저앉았다.

그의 아내는 해가 져서 어두워져도 돌아오지 않았다. 일단 내어 쫓기는 하였지만 그는 아내의 돌아옴을 기다리고 있었다. 어두워져서도 그는 불도 안 켜고 성이 나서 우들우들 떨면서 아내의 돌아오기를 기다렸다. 그러나 그의 아내의 참 기쁜 듯이 웃는 소리가 그의 아우의 집에서 밤새도록 울리었다. 그는 움쩍도 안 하고 그 자리에 앉아서 밤을 새운 뒤에, 새벽 동터 올 때 아내와 아우를 죽이려고 부엌에 가서 식칼을 가지고 들어와서 문을 벌컥 열었다.

그의 아내로서 만약 근심스러운 얼굴을 하고 그 문 밖에 우두커니 서서 문을 들여다보고 있지 않았다면, 그는 아내와 아우를 죽이고야 말았으리라.

그는 아내를 보는 순간 마음에 가득 차는 사랑을 깨달으면서, 칼을 내던지고 뛰어나가서 아내의 머리채를 휘어잡고, 이년 하면서 들어와서 뺨을 물어뜯으면서 함께 이리저리 자빠져서 뒹굴었다.

그런 이야기를 다 하려면 끝이 없으되 다만 '그', '그의 아내', '그의 아우' 세 사람의 삼각관계는 대략 이와 같았다.

각설[10]…….

거울은 마침 장에 마음에 맞는 것이 있었다. 지금 것과 대보면 어떤 때는 코도 크게 보이고 입이 작게도 보이는 것이지만, 그 당시에는, 그리고 그런 촌에서는 둘도 없는 귀물이었다.

거울을 사가지고 장을 본 뒤에 그는 이 거울을 아내에게 주면 그 기뻐할 모양을 생각하며, 새빨간 저녁 햇빛을 받는 넘치는 듯한 바다를 안고, 자기 집으로, 늘 들러 오던 탁주집에도 안 들러서 돌아왔다.

그러나 그가 그의 집 방 안에 들어설 때에는 뜻도 안 하였던 광경이 그의 눈에 벌이어 있었다.

방 가운데는 떡상이 있고, 그의 아우는 수건이 벗어져서 목 뒤로 늘어지고 저고리 고름이 모두 풀어져 가지고 한편 모퉁이에 서 있고, 아내도 머리채가 모두 뒤로 늘어지고 치마가 배꼽 아래 늘어지도록 되어 있으며, 그의 아내와 아우는 그를 보고 어찌할 줄을 모르는 듯이 움쩍도 안 하고 서 있었다.

세 사람은 한참 동안 어이가 없어서 서 있었다. 그러나 좀 이따가 마침내 그의 아우가 겨우 말했다.

"그놈의 쥐 어디 갔니?"

"흥! 쥐? 훌륭한 쥐 잡댔구나!"

10) 각설: 지금까지의 이야기를 그만두고 화제를 돌려 다른 말을 꺼냄.

그는 말을 끝내지도 않고 짐을 벗어던지고 뛰어가서 아우의 멱살을 그러잡았다.

"형님! 정말 쥐가……."

"쥐? 이놈! 형수하고 그런 쥐 잡는 놈이 어디 있니?"

그는 아우를 따귀를 몇 대 때린 뒤에 등을 밀어서 문 밖에 내어던졌다. 그런 뒤에 이제 자기에게 이를 매를 생각하고 우들우들 떨면서 아랫목에 서 있는 아내에게 달려들었다.

"이년! 시아우와 그런 쥐 잡는 년이 어디 있어!"

그는 아내를 거꾸러뜨리고 함부로 내리찧었다.

"정말 쥐가…… 아이 죽겠다."

"이년! 너두 쥐? 죽어라!"

그의 팔다리는 함부로 아내의 몸 위에 오르내렸다.

"아이, 죽갔다. 정말 아까 적으니(시아우)가 왔기에 떡 먹으라구 내놓았더니……."

"듣기 싫다! 시아우 붙은 년이, 무슨 잔소릴……."

"아이, 아이, 정말이야요. 쥐가 한 마리 나……."

"그냥 쥐?"

"쥐 잡을래다가……."

"샹년! 죽어라! 물에래두 빠데 죽얼!"

그는 실컷 때린 뒤에, 아내도 아우처럼 등을 밀어 내어 좇았다. 그 뒤에 그의 등으로,

"고기 배때기에 장사해라!"

하고 토하였다.

분풀이는 실컷 하였지만, 그래도 마음속이 자못 편치 못하였다. 그는 아랫목으로 가서 바람벽을 의지하고 실신한 사람같이 우두커니 서서 떡상만 들여다보고 있었다.

한 시간…… 두 시간…….

서편으로 바다를 향한 마을이라 다른 곳보다는 늦게 어둡지만, 그래도 술시(戌時)쯤 되어서는 깜깜하니 어두웠다. 그는 불을 켜려고 바람벽에서 떠나서 성냥을 찾으러 돌아갔다.

성냥은 늘 있던 자리에 있지 않았다. 그래서 여기저기 뒤적이노라니까, 어떤 낡은 옷 뭉치를 들칠 때에 문득 쥐 소리가 나면서 무엇이 후덕덕 뛰이나온다. 그리하여 지편으로 기어시 도망한다.

"역시 쥐댔구나."

그는 조그만 소리로 부르짖었다. 그리고 그만 그 자리에 맥없이 덜썩 주저앉았다.

아까 그가 보지 못한 때의 광경이 활동사진과 같이 그의 머리에 지나갔다.

아우가 집에를 온다. 아우에게 친절한 아내는 떡을 먹으라고 아우에게 떡상을 내놓는다. 그때에 어디선가 쥐가 한 마리 뛰어나온다. 둘(아우와 아내)이서는 쥐를 잡노라고 돌아간다. 한참 성화시키던 쥐는 어느 구석에 숨어 버린다. 그들은 쥐를 찾느라고 뒤룩거린다. 그럴 때에 그가 집에 들어선 것이다.

"샹년, 좀 있으믄 안 들어오리……."

그는 억지로 마음먹고 그 자리에 드러누웠다.

그러나 아내는 밤이 가고 날이 밝기는커녕 해가 중천에 올라도 돌아오지를 않았다. 그는 차차 걱정이 나서 찾아보러 나섰다.

아우의 집에도 없었다. 동네를 모두 찾아보아도 본 사람도 없다 한다.

그리하여, 낮쯤 한 삼사 리 내려가서 바닷가에서 겨우 아내를 찾기는 찾았지만 그 아내는 이전 같은 생기로 찬 산 아내가 아니요, 몸은 물에 불어서 곱이나 크게 되고, 이전에 늘 웃음을 흘리던 예쁜 입에는 거품을 잔뜩 문, 죽은 아내였다.

그는 아내를 업고 집으로 돌아오기까지 정신이 없었다.

이튿날 간단하게 장사를 하였다. 뒤에 따라오는 아우의 얼굴에는,

"형님, 이게 웬일이오니까."

하는 듯한 원망이 있었다.

장사를 지낸 이튿날부터 아우는 그 조그만 마을에서 없어졌다. 하루 이틀은 심상히 지냈지만, 닷새 엿새가 지나도 아우는 돌아오지 않았다. 그래서 알아보니까, 꼭 그의 아우같이 생긴 사람이 오륙 일 전에 멧산자 보따리를 하여 진 뒤에 시뻘건 저녁 해를 등으로 받고 더벅더벅 동쪽으로 가더라 한다. 그리하여 열흘이 지나고 스무 날이 지났지만 한번 떠난 그의 아우는 돌아올 길이 없고, 혼자 남은

아우의 아내는 매일 한숨으로 세월을 보내게 되었다.

그도 이것을 잠자코 보고 있을 수가 없었다. 그 불행의 모든 죄는 죄 그에게 있었다.

그도 마침내 뱃사람이 되어, 적으나마 아내를 삼킨 바다와 늘 접근하며 가는 곳마다 아우의 소식을 알아보려고, 어떤 배를 얻어 타고 물길을 나섰다.

그는 가는 곳마다 아우의 이름과 모습을 말하여 물었으나, 아우의 소식은 알 수가 없었다.

이리하여 꿈결같이 십 년을 지내서 구 년 전 가을, 탁탁히 낀 안개를 꿰며 연안(延安) 바다를 지나가던 그의 배는, 몹시 부는 바람으로 말미암아 파선을 하여, 벗 몇 사람은 죽고, 그는 정신을 잃고 물 위에 떠돌고 있었다.

그가 겨우 정신을 차린 때는 밤이었었다. 그리고 어느덧 그는 뭍 위에 올라와 있었고 그를 말리느라고 새빨갛게 피워 놓은 불빛으로 자기를 간호하는 아우를 보았다.

그는 이상히도 놀라지도 않고 천연하게 물었다.

"너, 어딯게 여기 왔?"

아우는 잠자코 한참 있다가 겨우 대답하였다.

"형님, 거저 다 운명이외다."

따뜻한 불기운에 깜빡 잠이 들려다가 그는 화닥닥 깨면서 또 말했다.

"십 년 동안에 되게 파랬구나."

"형님, 나두 변했거니와 형님두 몹시 늙으셨쉐다."

이 말을 꿈결같이 들으면서 그는 또 혼혼히 잠이 들었다. 그리하여 두어 시간, 꿀보다도 단 잠을 잔 뒤에 깨어 보니, 아까같이 새빨간 불은 피어 있지만 아우는 어디로 갔는지 없어졌다. 곁엣 사람에게 물어보니까, 아우는 형의 얼굴을 물끄러미 한참 들여다보고 있다가 새빨간 불빛을 등으로 받으면서 터벅터벅 아무 말 없이 어둠 가운데로 스러졌다 한다.

이튿날 아무리 알아보아야 그의 아우는 종적이 없어지고 알 수 없으므로 그는 하릴없이 다른 배를 얻어 타고 또 물길을 떠났다. 그리하여 그의 배가 해주에 이르렀을 때, 그는 해주 장에 들어가서 무엇을 사려다가 저편 맞은편 가게에 걸핏 그의 아우 같은 사람이 있으므로 뛰어가서 보니 그는 벌써 없어졌다. 배가 해주에는 오래 머물지 않으므로 그의 마음은 해주에 남겨 두고 또다시 바닷길을 떠났다.

그 뒤 삼 년을 이리저리 돌아다녔어도 아우는 다시 볼 수가 없었다.

그리하여 삼 년을 지내서 지금부터 육 년 전에, 그의 탄 배가 강화도를 지날 때에, 바다를 향한 가파로운 뫼켠에서 바다를 향하여 날아오는 '배따라기'를 들었다. 그것도 어떤 구절과 곡조는 그의 아우 특식으로 변경된, 그의 아우가 아니면 부를 사람이 없는, 그 '배따라기'이다.

배가 강화도에는 머무르지 않아서 그저 지나갔으나, 인천서 열흘쯤 머무르게 되었으므로, 그는 곧 내려서 강화도로 건너가 보았다. 거기서 이리저리 찾아다니다가 어떤 조그만 객줏집에서 물어 보니, 이름도 그의 아우요 생긴 모습도 그의 아우인 사람이 묵어 있기는 하였으나, 사나흘 전에 도로 인천으로 갔다 한다. 그는 곧 돌아서서, 인천으로 건너와서 찾아보았지만, 그 조그만 인천서도 그의 아우를 찾을 바가 없었다.

그 뒤에 눈 오고 비 오며 육 년이 지났지만, 그는 다시 아우를 만나 보지 못하고 아우의 생사까지도 알 수가 없다.

5

말을 끝낸 그의 눈에는 저녁 해에 반사하여 몇 방울의 눈물이 반득인다.

나는 한참 있다가 겨우 물었다.

"노형 계수[11]는?"

"모르디요. 이십 년을 영유는 안 가봤으니깐요."

"노형은 이제 어디루 갈 테요?"

---

11) 계수: 제수(남자 형제 사이에서 동생의 아내를 이르는 말).

"젓두 모르디요. 덩처가 있나요? 바람 부는 대로 몰려댕기디요."

그는 다시 한 번 나를 위하여 배따라기를 불렀다. 아아, 그 속에 잠겨 있는 삭이지 못할 뉘우침, 바다에 대한 애처로운 그리움.

노래를 끝낸 다음에 그는 일어서서 시뻘건 저녁 해를 잔뜩 등으로 받고 을밀대로 향하여 더벅더벅 걸어간다. 나는 그를 말릴 힘이 없어서 멀거니 그의 등만 바라보고 앉아 있었다.

그날 밤, 집에 돌아와서도 그 배따라기와 그의 숙명적 경험담이 귀에 쟁쟁히 울리어서 잠을 못 이루고, 이튿날 아침 깨어서 조반도 안 먹고 기자묘로 뛰어가서 또다시 그를 찾아보았다. 그가 어제 깔고 앉았던, 풀은 모두 한편으로 누워서 그가 다녀감을 기념하되, 그는 그 근처에 보이지 않았다. 그러나, 그러나 배따라기는 어디선가 쟁쟁히 울리어서 모든 소나무들을 떨리지 않고는 안 두겠다는 듯이 날아온다.

"모란봉(牧丹峰)이다. 모란봉에 있다."

하고 나는 한숨에 모란봉으로 뛰어갔다. 모란봉에는 사람이 하나도 없다. 부벽루(浮壁樓)에도 없다.

"을밀대다."

하고 나는 다시 을밀대로 갔다. 을밀대에서 부벽루를 연한, 지옥까지 연한 듯한 골짜기에 물 한 방울을 안 새이리라고 빽빽이 난 소나무의 그 모든 잎잎은 떨리는 배따라기를 부르고 있지만, 그는 여기도 있지 않다. 기자묘의, 하늘을 향하여 퍼져 나간 그 모든 소나무의 천만의 잎잎도, 그 아래쪽 퍼진 천만의 풀들도, 모두 그 배따라기를 슬프게 부르고 있지만, 그는 이 조고만 모란봉 일대에서 찾을 수가 없었다.

강가에 나가서 알아보니 그의 배는 오늘 새벽에 떠났다 한다.

그 뒤에 여름과 가을이 가고 일 년이 지나서 다시 봄이 이르렀으되, 잠깐 평양을 다녀간 그는 그 숙명적 경험담과 슬픈 배따라기를 남겨 두었을 뿐, 다시 조고만 모란봉에 나타나지 않는다.

모란봉과 기자묘에 다시 봄이 이르러서, 작년에 그가 깔고 앉아서 부러졌던 풀들도 다시 곧게 대가 나서 자줏빛 꽃이 피려 하지만, 끝없는 뉘우침을 다만 한낱 '배따라기'로 하소연하는 그는, 이 조고만 모란봉과 기자묘에서 다시 볼 수가 없었다. 다만 그가 남기고 간 '배따라기'만 추억하는 듯이 기념하는 듯이 모든 잎잎이 속삭이고 있을 따름이다.

《창조9(1921. 6.)》

김동인 단편선

감자

감자

1

싸움, 간통, 살인, 도적, 구걸, 징역 이 세상의 모든 비극과 활극의 근원지인, 칠성문 밖 빈민굴로 오기 전까지는, 복녀의 부처는(사농공상의 제2위에 드는) 농민이었었다.

복녀는, 원래 가난은 하나마 정직한 농가에서 규칙 있게 자라난 처녀였었다. 이전 선비의 엄한 규율은 농민으로 떨어지자부터 없어졌다 하나, 그러나 어딘지는 모르지만 딴 농민보다는 좀 똑똑하고 엄한 가율이 그의 집에 그냥 남아 있었다. 그 가운데서 자라난 복녀는 물론 다른 집 처녀들과 같이 여름에는 벌거벗고 개울에서 멱 감고, 바짓바람으로 동리를 돌아다니는 것을 예사로 알기는 알았지만, 그러나 그의 마음속에는 막연하나마 도덕이라는 것에 대한 저픔[1]을 가지고 있었다.

그는 열다섯 살 나는 해에 동리 홀아비에게 팔십 원에 팔려서 시

1) 저픔: 두려움.

집이라는 것을 갔다. 그의 새서방(영감이라는 편이 적당할까)이라는 사람은 그보다 이십 년이나 위로서, 원래 아버지의 시대에는 상당한 농군으로서 밭도 몇 마지기가 있었으나, 그의 대로 내려오면서는 하나둘 줄기 시작하여서 마지막에 복녀를 산 팔십 원이 그의 마지막 재산이었었다. 그는 극도로 게으른 사람이었었다. 동리 노인들의 주선으로 소작 밭깨나 얻어 주면, 종자만 뿌려 둔 뒤에는 후치질도 안 하고 김도 안 매고 그냥 내버려두었다가는, 가을에 가서는 되는 대로 거두어서 '금년은 흉년이네' 하고 전주집에는 가져도 안 가고 자기 혼자 먹어 버리고 하였다. 그러니까 그는 한 밭을 이태를 연하여 부쳐 본 일이 없었다. 이리하여 몇 해를 지내는 동안 그는 그 동리에서는 밭을 못 얻으리만큼 인심을 잃고 말았다.

복녀가 시집을 간 뒤 한 삼사 년은 장인의 덕택으로 이렁저렁 지나갔으나, 이전 선비의 꼬리인 장인은 차차 사위를 밉게 보기 시작하였다. 그들은 처가에까지 신용을 잃게 되었다.

그들 부처는 여러 가지로 의논하다가 하릴없이 평양성 안으로 막벌이로 들어왔다. 그러나 게으른 그에게는 막벌이나마 역시 되지 않았다. 하루 종일 지게를 지고 연광정에 가서 대동강만 내려다보고 있으니, 어찌 막벌이인들 될까. 한 서너 달 막벌이를 하다가, 그들은 요행 어떤 집 막간(행랑)살이로 들어가게 되었다.

그러나 그 집에서도 얼마 안하여 쫓겨나왔다. 복녀는 부지런히 주인집 일을 보았지만 남편의 게으름은 어찌할 수가 없었다. 매일 복녀는 눈에 칼을 세워 가지고 남편을 채근하였지만, 그의 게으른 버릇은 개를 줄 수는 없었다.

"벳섬 좀 치워 달라우요."

"남 졸음 오는데. 님자 치우시관."

"내가 치우나요?"

"이십 년이나 밥 먹구 그걸 못 치워!"

"에이구, 칵 죽구나 말디."

"이년, 뭘."

이러한 싸움이 그치지 않다가, 마침내 그 집에서도 쫓겨나왔다. 이젠 어디로 가나? 그들은 하릴없이 칠성문 밖 빈민굴로 밀리어 나오게 되었다. 칠성문 밖을 한 부락으로 삼고 그곳에 모여 있는 모든 사람들의 정업[2]은 거라지요, 부업으로는 도적질과 (자기네끼리의) 매음, 그 밖에 이 세상의 모든 무섭고 더러운 죄악이었었다. 복녀도 그 정업으로 나섰다.

2) 정업: 정당한 직업이나 생업.

2

그러나 열아홉 살의 한창 좋은 나이의 여편네에게 누가 밥인들 잘 줄까.

"젊은 거이 거랑질은 왜."

그런 소리를 들을 때마다 그는 여러 가지 말로, 남편이 병으로 죽어 가거니 어쩌거니 핑계는 대었지만, 그런 핑계에는 단련된 평양 시민의 동정은 역시 살 수가 없었다. 그들은 이 칠성문 밖에서도 가장 가난한 사람 가운데 드는 편이었다. 그 가운데서 잘 수입되는 사람은 하루에 오 리짜리 돈뿐으로 일 원 칠팔십 전의 현금을 쥐고 돌아오는 사람까지 있었다. 극단으로 나가서는 밤에 돈벌이 나갔던 사람은 그날 밤 사백여 원을 벌어 가지고 와서 그 근처에서 담배 장사를 시작한 사람까지 있었다.

복녀는 열아홉 살이었었다. 얼굴도 그만하면 빤빤하였다. 그 동리 여인들의 보통 하는 일을 본받아서 그도 돈벌이 좀 잘하는 사람의 집에라도 간간 찾아가면 매일 오륙십 전은 벌수가 있었지만, 선비의 집안에서 자라난 그는 그런 일은 할 수가 없었다. 그들 부처는 역시 가난하게 지냈다. 굶는 일도 흔히 있었다.

3

기자묘 솔밭에 송충이가 끓었다. 그때, 평양'부'에서는 그 송충이를 잡는 데(은혜를 베푸는 뜻으로) 칠성문 밖 빈민굴의 여인들을 인부로 쓰게 되었다. 빈민굴 여인들은 모두 다 지원을 하였다. 그러나 뽑힌 것은 겨우 오십 명쯤이었다. 복녀도 그 뽑힌 사람 가운데 한 사람이었었다.

복녀는 열심으로 송충이를 잡았다. 소나무에 사다리를 놓고 올라가서는, 송충이를 집게로 집어서 약물에 잡아넣고 잡아넣고, 그의 통은 잠깐 새에 차고 하였다. 하루에 삼십이 전씩의 공전이 그의 손에 들어왔다.

그러나 대엿새 하는 동안에 그는 이상한 현상을 하나 발견하였다. 그것은 다른 것이 아니라, 젊은 여인부 한 여남은 사람은 언제나 송충이는 안 잡고 아래서 지절거리며 웃고 날뛰기만 하고 있는 것이었다. 뿐만 아니라, 그 놀고 있는 인부의 공전은 일하는 사람의 공전보다 팔 전이나 더 많이 내어주는 것이다.

감독은 한 사람뿐이지만 감독도 그들의 놀고 있는 것을 묵인할 뿐 아니라, 때때로는 자기까지 섞여서 놀고 있었다.

어떤 날 송충이를 잡다가 점심때가 되어서, 나무에서 내려와서 점심을 먹고 다시 올라가려 할 때에 감독이 그를 찾았다.

"복네, 얘 복네."

"왜 그릅네까?"

그는 약통과 집게를 놓은 뒤에 돌아섰다.

"좀 오나라."

그는 말없이 감독 앞에 갔다.

"얘, 너, 음…… 데 뒤 좀 가보디 않갔니?"

"뭘 하레요?"

"글쎄, 가야……."

"가디요, 형님."

그는 돌아서면서 인부들 모여 있는 데로 고함쳤다.

"형님두 갑세다가레."

"싫다 얘. 둘이서 재미나게 가는데, 내가 무슨 맛에 가갔니?"

복녀는 얼굴이 새빨갛게 되면서 감독에게로 돌아섰다.

"가보자."

감독은 저편으로 갔다. 복녀는 머리를 수그리고 따라갔다.

"복네 좋갔구나."

뒤에서 이러한 고함 소리가 들렸다. 복녀의 숙인 얼굴은 더욱 발갛게 되었다. 그날부터 복녀도 '일 안 하고 공전 많이 받는 인부'의 한 사람으로 되었다.

4

복녀의 도덕관 내지 인생관은 그때부터 변하였다.

그는 아직껏 딴 사내와 관계를 한다는 것을 생각하여 본 일도 없었다. 그것은 사람의 일이 아니요 짐승의 하는 짓으로만 알고 있었다. 혹은 그런 일을 하면 탁 죽어지는지도 모를 일로 알았다.

그러나 이런 이상한 일이 어디 다시 있을까. 사람인 자기도 그런 일을 한 것을 보면, 그것은 결코 사람으로 못 할 일이 아니었었다. 게다가 일 안 하고도 돈 더 받고, 긴장된 유쾌가 있고, 빌어먹는 것보다 점잖고…….

일본말로 하자면 '삼박자(三拍子)' 같은 좋은 일은 이것뿐이었었다. 이것이야말로 삶의 비결이 아닐까. 뿐만 아니라, 이 일이 있은 뒤부터, 그는 처음으로 한 개 사람이 된 것 같은 자신까지 얻었다.

그 뒤부터는, 그의 얼굴에는 조금씩 분도 바르게 되었다.

5

일 년이 지났다.

그의 처세의 비결은 더욱더 순탄히 진척되었다. 그의 부처는 이제는 그리 궁하게 지내지는 않게 되었다. 그의 남편은 이것이 결국 좋은 일이라는 듯이 아랫목에 누워서 벌신벌신 웃고 있었다. 복녀의 얼굴은 더욱 이뻐졌다.

"여보, 아즈바니, 오늘은 얼마나 벌었소?"

복녀는 돈 좀 많이 번 듯한 거라지를 보면 이렇게 찾는다.

"오늘은 많이 못 벌었쉐다."

"얼마?"

"도무지 열서너 냥."

"많이 벌었쉐다가레, 한 댓 냥 꿰주소고래."

"오늘은 내가……."

어쩌고어쩌고 하면, 복녀는 곧 뛰어가서 그의 팔에 늘어진다.

"나한테 들킨 댐에는 꿔구야 말아요."

"난 원 이 아즈마니 만나문 야단이더라. 자, 꿰주디. 그 대신 응? 일아 있디?"

"난 몰라요. 해해해해."

"모르문, 안 줄 테야."

"글쎄, 알았대두 그른다."

그의 성격은 이만큼까지 진보되었다.

6

가을이 되었다.

칠성문 밖 빈민굴의 여인들은 가을이 되면 칠성문 밖에 있는 중국인의 채마밭에 감자(고구마)며 배추를 도적질하러 밤에 바구니를 가지고 간다. 복녀도 감자깨나 잘 도적질하여 왔다.

어떤 날 밤, 그는 감자를 한 바구니 잘 도적질하여 가지고, 이젠 돌아오려고 일어설 때에, 그의 뒤에 시꺼먼 그림자가 서서 그를 꽉 붙들었다. 보니, 그것은 그 밭의 소작인인 중국인 왕서방이었었다. 복녀는 말도 못 하고 멀진멀진 발아래만 내려다보고 있었다.

"우리 집에 가."

왕 서방은 이렇게 말하였다.

"가재문 가디. 훤, 것두 못 갈까."

복녀는 엉덩이를 한번 홱 두른 뒤에 머리를 젖히고 바구니를 저으면서 왕 서방을 따라갔다. 한 시간쯤 뒤에 그는 왕 서방의 집에서 나왔다. 그가 밭고랑에서 길로 들어서려 할 때에, 문득 뒤에서 누가 그를 찾았다.

"복네 아니야?"

복녀는 홱 돌아서서 보았다. 거기는 자기 곁집 여편네가 바구니를 끼고 어두운 밭고랑을 더듬더듬 나오고 있었다.

"형님이댔쉐까? 형님두 들어갔댔쉐까?"

"님자두 들어갔댔나?"

"형님은 뉘 집에?"

"나? 눅서방네 집에. 님자는?"

"난 왕 서방에…… 형님 얼마 받았소?"

"눅서방네 그 깍쟁이놈, 배추 세 페기……."

"난 삼 원 받았디."

복녀는 자랑스러운 듯이 대답하였다.

십 분쯤 뒤에 그는 자기 남편과, 그 앞에 돈 삼 원을 내어놓은 뒤에, 아까 그 왕서방의 이야기를 하면서 웃고 있었다.

7

그 뒤부터 왕서방은 무시로 복녀를 찾아왔다. 한참 왕서방이 눈만 멀진멀진 앉아 있으면, 복녀의 남편은 눈치를 채고 밖으로 나간다. 왕서방이 돌아간 뒤에는 그들 부처는, 일 원 혹은 이 원을 가운데 놓고 기뻐하고 하였다.

복녀는 차차 동리 거지들한테 애교를 파는 것을 중지하였다. 왕서방이 분주하여 못 올 때가 있으면 복녀는 스스로 왕서방의 집까지 찾아갈 때도 있었다. 복녀의 부처는 이제 이 빈민굴의 한 부자였었다.

8

그 겨울도 가고 봄이 이르렀다. 그때 왕서방은 돈 백 원으로 어떤 처녀를 하나 마누라로 사오게 되었다.

"흥."

복녀는 다만 코웃음만 쳤다.

"복녀, 강짜[3]하갔구만."

동리 여편네들이 이런 말을 하면, 복녀는 흥 하고 코웃음을 웃고 하였다.

내가 강짜를 해? 그는 늘 힘 있게 부인하고 하였다. 그러나 그의 마음에 생기는 검은 그림자는 어찌할 수가 없었다.

"이놈 왕서방, 네 두고 보자."

왕서방의 색시를 데려오는 날이 가까웠다. 왕서방은 아직껏 자랑하던 기다란 머리를 깎았다. 동시에 그것은 새색시의 의견이라는 소문이 쫙 퍼졌다.

"흥."

복녀는 역시 코웃음만 쳤다. 마침내 색시가 오는 날이 이르렀다. 칠보단장[4]에 사인교[5]를 탄 색시가, 칠성문 밖 채마밭 가운데 있는 왕서방의 집에 이르렀다.

밤이 깊도록, 왕서방의 집에는 중국인들이 모여서 별한 악기를 뜯

---

3) 강짜: 질투.
4) 칠보단장: 여러 가지 패물로 몸을 꾸밈. 또는 그 꾸밈새.
5) 사인교: 앞뒤에 각각 두 사람씩 모두 네 사람이 메는 가마.

으며 별한 곡조로 노래하며 야단하였다. 복녀는 집 모퉁이에 숨어 서서 눈에 살기를 띠고 방 안의 동정을 듣고 있었다. 다른 중국인들은 새벽 두 시쯤 하여 돌아갔다. 그 돌아가는 것을 보면서 복녀는 왕서방의 집 안에 들어갔다. 복녀의 얼굴에는 분이 하얗게 발리어 있었다. 신랑신부는 놀라서 그를 쳐다보았다. 그것을 무서운 눈으로 흘겨보면서, 그는 왕서방에게 가서 팔을 잡고 늘어졌다. 그의 입에서는 이상한 웃음이 흘렀다.

"자, 우리 집으로 가요."

왕서방은 아무 말도 못 하였다. 눈만 정처 없이 두룩두룩하였다. 복녀는 다시 한 번 왕서방을 흔들었다.

"자, 어서."

"우리, 오늘 밤 일이 있어 못 가."

"일은 밤중에 무슨 일."

"그래두, 우리 일이……."

복녀의 입에 아직껏 떠돌던 이상한 웃음은 문득 없어졌다.

"이까짓 것."

그는 발을 들어서 치장한 신부의 머리를 찼다.

"자, 가자우 가자우."

왕서방은 와들와들 떨었다. 왕서방은 복녀의 손을 뿌리쳤다. 복녀는 쓰러졌다. 그러나 곧 다시 일어섰다. 그가 다시 일어설 때는, 그의 손에는 얼른얼른하는 낫이 한 자루 들리어 있었다.

"이 되놈, 죽어라, 죽어라, 이놈, 나 때렸디! 이놈아, 아이구, 사람 죽이누나."

그는 목을 놓고 처울면서 낫을 휘둘렀다. 칠성문 밖 외딴 밭 가운데 홀로 서 있는 왕서방의 집에서는 일장의 활극이 일어났다. 그러나 그 활극도 곧 잠잠하게 되었다. 복녀의 손에 들리어 있던 낫은 어느덧 왕서방의 손으로 넘어가고, 복녀는 목으로 피를 쏟으면서 그 자리에 고꾸라져 있었다.

9

복녀의 송장은 사흘이 지나도록 무덤으로 못 갔다. 왕서방은 몇 번을 복녀의 남편을 찾아갔다. 복녀의 남편도 때때로 왕서방을 찾아갔다. 둘의 새에는 무슨 교섭하는 일이 있었다. 사흘이 지났다. 밤중에 복녀의 시체는 왕서방의 집에서 남편의 집으로 옮겼다.

그리고 그 시체에는 세 사람이 둘러앉았다. 한 사람은 복녀의 남편, 한 사람은 왕서방, 또 한 사람은 어떤 한방 의사. 왕서방은 말없이 돈주머니를 꺼내어, 십 원짜리 지폐 석 장을 복녀의 남편에게 주었다. 한방의의 손에도 십 원짜리 두 장이 갔다.

이튿날 복녀는 뇌일혈로 죽었다는 한방의의 진단으로 공동묘지로 가져갔다.

《조선문단 4(1925. 1.)》

광염 소나타

광염 소나타

1

독자는 이제 내가 쓰려는 이야기를, 유럽의 어떤 곳에 생긴 일이라고 생각하여도 좋다. 혹은 사십 오십 년 뒤에 조선을 무대로 생겨날 이야기라고 생각하여도 좋다. 다만, 이 지구상의 어떠한 곳에 이러한 일이 있었는지도 모르겠다, 있는지도 모르겠다, 혹은 있을지도 모르겠다, 가능성 뿐은 있다. 이만치 알아두면 그만이다.

그런지라, 내가 여기 쓰려는 이야기의 주인공 되는 백성수(白性洙)를 혹은 알벨트라 생각하여도 좋을 것이요 짐이라 생각하여도 좋을 것이요 또는 호모(胡某)나 기무라모(木村某)로 생각하여도 괜찮다. 다만 사람이라 하는 동물을 주인공삼아 가지고 사람의 세상에서 생겨난 일인 줄만 알면…….

이러한 전제로써, 자 그러면 내 이야기를 시작하자.

2

"기회(찬스)라 하는 것이 사람을 망하게도 하고 흥하게도 하는 것을 아시오?"

"네, 새삼스러이 연구할 문제도 아닐걸요."

"자, 여기 어떤 상점이 있다 합시다. 그런데 마침 주인도 없고 사환도 없고 온통 비었을 적에 우연히 그 앞을 지나가던 신사가— 그 신사는 재산도 있고 명망도 있는 점잖은 사람인데— 그 신사가 빈 상점을 들여다보고 혹은 이렇게 생각할 수도 있지 않아요? 통 비었으니깐 도적놈이라도 넉넉히 들어갈 게다, 들어가서 훔치면 아무도 모를 테다, 집을 왜 이렇게 비워 둔담…… 이런 생각 끝에 혹은 그 그 뭐랄까 그 돌발적 변태심리로써 조그만 물건 하나(변변치도 않고 욕심도 안 나는)를 집어서 주머니에 넣는 경우가 있을지도 모르지 않겠습니까?"

"글쎄요."

"있습니다, 있어요."

어떤 여름날 저녁이었었다. 도회를 떠난 교외 어떤 강변에 두 노인이 앉아서 이런 이야기를 하고 있었다. 그 기회론을 주장하는 사람은 유명한 음악비평가 K씨였었다. 듣는 사람 은 사회 교화자의 모씨였었다.

"글쎄 있을까요?"

"있어요. 좌우간 있다 가정하고 그러한 경우에는 그 책임은 어디 있습니까?"

"동양 속담 말에 외밭서는 신끈도 다시 매지 말랬으니 그 신사가 책임을 질까요?"

"그래 버리면 그뿐이지만 그 신사는 점잖은 사람으로서 그런 절대적 기묘한 찬스만 아니더라면 그런 마음은커녕 염도 내지도 않을 사람이라 생각하면 어찌 됩니까?"

"……."

"말하자면 죄는 '기회'에 있는데 '기회'라는 무형물은 벌은 할 수가 없으니깐 그 신사를 가해자로 인정할 수밖에는 지금은 없지요."

"그렇습니다."

"또 한 가지— 사람의 천재라 하는 것도 경우에 따라서는 어떤 '기회'가 없으면 영구히 안 나타나고 마는 일이 있는데, 그 '기회'란 것이 어떤 사람에게서 그 사람의 '천재'와 '범죄본능'을 한꺼번에 끄을어내었다면 우리는 그 '기회'를 저주하여야겠습니까 축복하여야겠습니까?"

"글쎄요."

"선생은 백성수라는 사람을 아시오?"

"백성수? 자, 기억이 없는데요."

"작곡가로서 그……."

"네, 생각납니다. 유명한 '광염(狂炎) 소나타'의 작가 말씀이지요?"

"네, 그 사람이 지금 어디 있는지 아십니까?"

"모릅니다. 뭐 발광했단 말이 있었는데……."

"네, 지금 ××정신병원에 감금돼 있는데 그 사람의 일대기를 이야기 할게 들으시고 사회 교화자로서의 의견을 말씀해 주십쇼."

3

내가 이제 이야기하려는 백성수의 아버지도 또한 천분[1] 많은 음악가였습니다. 나와는 동창생이었는데 학생시대부터 벌써 그의 천분은 넉넉히 볼 수가 있었습니다. 그는 작곡과를 전공하였는데 때때로 스스로 작곡을 하여서는 밤중에 혼자서 피아노를 두드리고 하여서 우리들로 히여금 뜻하지 않고 일어나게 하고 하였습니다. 그리고 우리는 그 밤중에 울리어오는 야성적 선율에 몸을 소스라치고 하였습니다.

그는 야인(野人)이었습니다. 광포스런 야성은 때때로 비위에 틀리면 선생을 두들기기가 예사이며 우리 학교 근처의 술집이며 모든 상점 주인들은 그에게 매깨나 안 얻어맞은 사람이 없었습니다. 그러한 야성은 그의 음악 속에 풍부히 잠겨 있어서 오히려 그 야성적 힘이 그의 예술을 더 빛나게 하는 것이었습니다.

---

1) 천분: 타고난 재질이나 직분.

그러나 그가 학교를 졸업하고 난 뒤에는 그 야성은 다른 곳으로 발전되고 말았습니다. 술! 술! 무서운 술이었습니다. 아침부터 저녁까지, 저녁부터 아침까지, 술잔이 그의 입에서 떠나지를 않았습니다. 그리고 술을 먹고는 여편네들에게 행패를 하고, 경찰서에 구류를 당하고, 나와서는 또 같은 일을 하고…….

작품? 작품이 다 무엇이외까. 술을 먹은 뒤에 취흥에 겨워 때때로 피아노에 앉아서 즉흥으로 탄주[2]를 하고 하였는데 지금 생각하면 그 귀기(鬼氣)가 사람을 엄습하는 힘과 야성(베토벤 이래로 근대 음악가에서 발견할 수 없던) 그런 보물이라 하여도 좋을 것이 많았지만 우리들은 각각 제 길 닦기에 바쁜 사람이라 주정꾼의 즉흥 악을 일일이 베껴 둔다든가 그런 일은 꿈에도 생각하지 않았습니다.

우리들은 그의 장래를 생각하여 때때로 술을 삼가기를 권고하였지만 그런 야인에게 친구의 권고가 무슨 소용이 있겠습니까.

"술? 술은 음악이다!"

하고는 하하하하 웃어 버리고 다시 술집으로 달아나고 합니다.

그러한 지 칠팔 년이 지난 뒤에 그는 아주 폐인이 되고 말았습니다. 술이 안 들어가면 그의 손은 떨렸습니다. 눈에는 눈곱이 꼈습니다. 그리고 술이 들어가면, 술이 들어가면 그는 그 광포성을 발휘하였습니다. 누구를 물론하고 붙잡고는 입에 술을 부어 넣어 주었습니

---

2) 탄주: 가야금이나 바이올린 따위의 현악기를 연주함.

다. 그러다가는 장소를 불문하고 아무 데나 누워서 잡니다.

사실 아까운 천재였습니다. 우리들 새에는 때때로 그의 천분을 생각하고 아깝게 여기는 한숨이 있었지만 세상에서는 그 '장래가 무서운 한 천재'가 있었다는 것은 몰랐었습니다.

그러는 동안에는 그는 어떤 양가의 처녀를 어떻게 관계를 맺어서 애까지 뱄습니다. 그러나 그 애의 출생을 보지 못하고 아깝게도 심장마비로 죽어 버리고 말았습니다.

그 유복자로 세상에 나온 것이 백성수였습니다. 그러나 우리는 백성수가 세상에 출생되었다는 풍문만 들었지, 그 애 아버지가 죽은 뒤부터는 그 애의 소식이며 그 애 어머니의 소식은 일절 몰랐습니다. 아니, 몰랐다는 것보다, 그 집안의 일은 우리의 머리에서 온전히 잊어버리고 말았습니다.

4

삼십 년이라는 세월이 흘렀습니다.

십 년이면 산천도 변한다 하는데 삼십 년 새의 변천을 어찌 이루다 말하겠습니까. 좌우간 그 동안에 나는 내 이름을 닦아 놓았습니다. 아시다시피 지금 K라 하면 이 나라에서 첫 손가락을 꼽는 음악비평가가 아닙니까. 견실한 지도적 비평가 K라면 이 나라의 음악계의 권위이며, 이 나의 한마디는 음악가의 가치를 결정하는 판결문이라 하여도 옳을 만치 되었습니다. 많은 음악가가 내 손 아래서 자랐으며 많은 음악가가 내 지도로써 이름을 날렸습니다.

5

재작년 이른 봄 어떤 날이었습니다.

그때 나는 조용한 밤중의 몇 시간씩을 ○○예배당에 가서 명상으로 시간을 보내는 것이 습관이 되어 있었습니다. 언덕 위에 홀로 서 있는 집으로서 조용한 밤중에 혼자 앉아 있노라면 때때로 들보에서 놀라 깬 비둘기의 날개 소리와 간간이 기둥에서 뚝뚝 하는 소리밖에는 아무 소리도 들리지 않는, 말하자면 나 같은 괴상한 성미를 가진 사람이 아니면 돈을 주면서 들어가래도 들어가지 않을 음침한 집이었습니다. 그러나 나 같은 명상을 즐기는 사람에게는 다른 데서 구하기 힘들도록 온갖 것을 가진 집이었습니다. 외따르고 조용하고 음침하며 간간이 알지 못할 신비한 소리까지 들리며 멀리서는 때때로 놀란 듯한 기적(汽笛) 소리도 들리는…… 이것 뿐으로도 상당한데, 게다가 이 예배당에는 피아노도 한 대 있었습니다. 예배당에는 오르간은 있을지나 피아노가 있는 곳은 쉽지 않은 것으로서 무슨 흥이나 날 때에는 피아노에 가서 한 곡조 두드리는 재미도 또한 괜찮았습니다.

그날 밤도(아마 두시는 지났을걸요) 그 예배당에서 혼자서 눈을 감고 조용한 맛을 즐기고 있노라는데, 갑자기 저편 아래에서 재재 하는 소리가 납디다. 그래서 눈을 번쩍 뜨니까 화광이 충천하였는데, 내다보니까 언덕 아래 어떤 집이 불이 붙으며 사람들이 왔다갔다 야단이었습니다.

이렇게 말하면 어떨지 모르지만 그다지 멀지 않은 곳에서 불붙는 것을 바라보는 맛도 괜찮은 것이었습니다. 일어서는 불길이며 퍼져나가는 연기, 불씨의 날아나는 양, 그 가운데 거뭇거뭇 보이는 기둥, 집의 송장, 재재거리는 사람의 무리, 이런 것은 어떻게 생각하면 과연 시도 될지며 음악도 될 것이었습니다. 옛날에 네로가 로마의 불붙는 것을 바라보면서, 자기는 비파를 들고 노래를 하였다는 것도 음악가의 견지로 보면 그다지 나무랄 것이 아니었습니다.

나도 그때에 그 불을 보고 차차 흥이 났습니다. 네로를 본받아서 나도 즉흥으로 한 곡조 두드려 볼까. 어렴풋이 이런 생각을 하며 나는 그 불을 정신없이 바라보고 있었습니다.

그때였습니다. 갑자기 덜컥덜컥 하는 소리가 들리더니 예배당 문이 열리며 웬 젊은 사람이 하나 낭패한 듯이 뛰어 들어왔습니다. 그리고 무엇에 놀란 사람같이 두리번두리번 사면을 살피더니 그래도 내가 있는 것은 못 보았는지 저편에 있는 창 안에 가서 숨어 서서 아래서 붙는 불을 내다봅니다.

나도 꼼짝을 못 하였습니다. 좌우간 심상스런 사람은 아니요 방화범이나 도적으로밖에는 인정할 수 없지 않겠습니까? 그래서 꼼짝을 못 하고 서 있노라니까 그 사람은 한숨을 쉽니다. 그리고 맥없이 두 팔을 늘이고 도로 나가려고 발을 떼려다가 자기 곁에 피아노가 놓인 것을 보더니 교의[3]를 끌어다 놓고 피아노 앞에 주저앉고 말겠지요. 나도 거기는 그만 직업적 흥미에 끌렸습니다. 그래서 무엇을 하나 보자 하고 있노라니까 뚜껑을 열더니 한 번 뚱하고 시험을 해보아요. 그리고 조금 있더니 다시 뚱뚱 하고 시험을 해보겠지요.

이때부터 그의 숨소리가 차차 높아 가기 시작했습니다. 씩씩거리며 몹시 흥분된 사람같이 몸을 떨다가 벼락같이 양 손을 키 위에 갖다가 덮었습니다. 그 다음 순간으로 C샤프 단음계의 알레그로가 시작되었습니다. 처음에는 다만 흥미로써 그의 모양을 엿보고 있던 나는 그 알레그로가 울리어 나오는 순간 마음은 끝까지 긴장되고 흥분되었습니다.

그것은 순전한 야성적 음향이었습니다. 음악이라 하기에는 너무 힘 있고 무기교(無技巧)이었습니다. 그러나 음악이 아니라기에는 거기는 너무 괴롭고도 무겁고 힘 있는 '감정'이 들어 있었습니다. 그것은 마치 야반의 종소리와도 같이 사람의 마음을 무겁고 음침하게 하는 음향인 동시에 맹수의 부르짖음과 같이 사람으로 하여금 소름 돋치

---

3) 교의: 의자.

게 하는 무서운 감정의 발현이었습니다. 아아 그 야성적 힘과 남성적 부르짖음, 그 아래 감추어 있는 침통한 주림과 아픔, 순박하고도 아무 기교가 없는 그 표현!

나는 덜석 그 자리에 주저앉고 말았습니다. 그리고 음악가의 본능으로써 뜻하지 않고 주머니에서 오선지와 연필을 꺼내었습니다. 피아노의 울리어 나아가는 소리에 따라서 나의 연필은 오선지 위에서 뛰놀았습니다.

좀 급속도로 시작된 빈곤, 거기 연하여 주림, 꺼져 가는 불꽃과 같은 목숨, 그러한 것을 지나서 한참 연속되는 완서조(緩徐調)[4]의 압축된 감정, 갑자기 튀어져 나오는 광포. 거기 연한 쾌미(快味) 홍소(哄笑)[5]…… 이리하여 주화[6]조(主和調)로서 탄주는 끝이 났습니다. 더구나 그 속에 나타나 있는 압축된 감정이며 주림 또는 맹렬한 불길 등이 사람의 마음에 주는 그 처참함이며 광포성은 나로 하여금 아직 '문명'이라 하는 것의 은택[7]에 목욕하여 보지 못한 야인(野人)을 연상케 하였습니다.

탄주가 다 끝이 난 뒤에도 나는 정신을 못 차리고 망연히 앉아 있었습니다. 물론 조금이라도 음악의 소양이 있는 사람일 것 같으면 이제 그 소나타를 음악에 대하여 정통으로 아무러한 수양도 받지

---

4) 완서조(緩徐調): 느린 곡조.
5) 홍소(哄笑): 입을 크게 벌리고 웃거나 떠들썩하게 웃음. 또는 그 웃음.
6) 주화(主和): 전쟁을 피하고 화해하거나 평화롭게 지내자고 주장함.
7) 은택: 은혜와 덕택을 아울러 이르는 말.

못한 사람이 다만 자기의 천재적 즉흥뿐으로 탄주한 것임을 알 것입니다. 해결이 없이 감칠도 화현(減七度 和絃)이며 증육도 화현(增六度 和絃)을 범벅으로 섞어 놓았으며 금칙(禁則)인 병행 오팔도(竝行 五八度)까지 집어넣은 것으로서, 더구나 스케르초[8]는 온전히 뽑아 먹은, 대담하다면 대담하고 무식하다면 무식하달 수도 있는 방분 자유한 소나타였습니다.

이때에 문득 내 머리에 떠오른 것은 삼십 년 전에 심장마비로 죽은 백○○였습니다. 그의 음악으로서 만약 정통적 훈련만 뽑고 거기다가 야성을 더 집어넣으면 지금 내 눈앞에 있는 그 음악가의 것과 같은 것이 될 것이었습니다. 귀기가 사람을 엄습하는 듯한 그 힘과 방분스런 표현과 야성…… 이것은 근대 음악가에게 구하기 힘든 보물이었습니다.

그 소나타에 취하여 한참 정신이 어리둥절히 앉았던 나는 고즈넉이 일어서서, 그 피아노 앞에 가서 그의 어깨에 가만히 손을 얹었습니다. 한 곡조를 타고 나서 아주 곤한 듯이 정신이 없이 앉아 있던 그는 펄떡 놀라며 일어서서 내 얼굴을 보았습니다.

"자네 몇 살 났나?"

나는 그에게 이렇게 첫 말을 물었습니다. 가슴이 답답한 나로서는 이런 말밖에는 갑자기 다른 말이 생각 안 났습니다. 그는 높은 창에

8) 스케르초(scherzo): 베토벤이 미뉴에트 대신 소나타, 교향곡 등의 제3악장에 채용한 3박자의 쾌활한 곡.

서 들어오는 달빛을 받고 있는 내 얼굴을 한순간 쳐다보고 머리를 돌이키고 말았습니다.

"배고프나?"

나는 두 번째 그에게 물었습니다. 그는 시끄러운 듯이 벌떡 일어섰습니다. 그리고 달빛이 비친 내 얼굴을 정면으로 바라보다가,

"아, K선생님 아니세요?"

하면서 나를 붙들었습니다. 그래서 그렇노라고 하니깐,

"사진으로는 늘 봤습니다마는……."

하면서 다시 맥없이 나를 놓으며 머리를 돌렸습니다.

그 순간, 그가 머리를 돌이키는 순간 달빛에 얼핏, 나는 그의 얼굴을 처음으로 보았습니다. 그리고 나는 거기서 뜻밖에 삼십 년 전에 죽은 벗 백○○의 모습을 발견하였습니다.

"자, 자네 이름이 뭐인가?"

"백성수……."

"백성수? 그 백○○의 아들이 아닌가. 삼십 년 전에, 자네가 나오기 전에 세상 떠난……."

그는 머리를 번쩍 들었습니다.

"네? 선생님 어떻게 아세요?"

"백○○의 아들인가? 같이두 생겼다. 내가 자네의 아버지와 동창이네. 아아, 역시 그 애비의 아들이다."

그는 한숨을 길게 쉬며 머리를 수그려 버렸습니다.

6

나는 그날 밤 그 백성수를 데리고 집으로 돌아왔습니다. 그리고 비록 작곡상 온갖 법칙에는 어그러진다 하나 그만치 힘과 정열과 야성으로 찬 소나타를 거저 버리기가 아까워서 다시 한 번 피아노에 올라앉기를 명하였습니다. 아까 예배당에서 내가 베낀 것은 알레그로가 거의 끝난 곳부터였으므로 그 전 것을 베끼기 위해서였습니다.

그는 피아노를 향하여 앉아서 머리를 기울였습니다. 몇 번 손으로 키를 두드려 보다가는 다시 머리를 기울이고 생각하고 하였습니다. 그러나 다섯 번 여섯 번을 다시 하여 보았으나 아무 효과도 없었습니다. 피아노에서 울려 나오는 음향은 규칙 없고 되지 않은 한낱 소음(騷音)에 지나지 못하였습니다. 야성? 힘? 귀기? 그런 것은 없었습니다. 감정의 재뿐이 있었습니다.

"선생님 잘 안 됩니다."

그는 부끄러운 듯이 연하여 고개를 기울이며 이렇게 말하였습니다.

"두 시간도 못 되어서 벌써 잊어버린담?"

나는 그를 밀어 놓고 내가 대신하여 피아노 앞에 앉아서 아까 베낀 그 음보를 펴놓았습니다. 그리고 내가 베낀 곳부터 다시 시작하였습니다.

화염! 화염! 빈곤, 주림, 야성적 힘, 기괴한 감금당한 감정! 음보를 보면서 타던 나는 스스로 흥분이 되었습니다. 미상불[9] 그때는 내 눈은 미친 사람같이 번득였으며 얼굴은 흥분으로 새빨갛게 되었을 것이었습니다.

즉 그때에 그가 갑자기 달려들더니 나를 떠밀쳐 버렸습니다. 그리고 자기가 대신하여 앉았습니다.

의자에서 떨어진 나는 너무 흥분되어 다시 일어날 힘도 없이 그 자리에 앉은 대로 그의 양을 쳐다보았습니다. 그는 나를 밀쳐 버린 다음에 그 음보를 들고서 읽기 시작하였습니다. 아아, 그의 얼굴! 그의 숨소리가 차차 높아지면서 눈은 미친 사람과 같이 빛을 내기 시작하였습니다. 그러더니 그 음보를 홱 내어던지며 문득 벼락같이 그의 두 손은 피아노 위에 덧업혔습니다.

'C샤프 단음계'의 광포스런 '소나타'는 다시 시작되었습니다. 폭풍우같이 또는 무서운 물결같이 사람으로 하여금 숨막히게 하는 그 힘, 그것은 베토벤 이래로 근대 음악가에서 보지 못하던 광포스런 야성이었습니다. 무섭고도 참담스런 주림, 빈곤, 압축된 감정, 거기서 튀어져 나온 맹염(猛炎), 공포, 홍소…… 아아 나는 너무 숨이 답답하여 뜻하지 않고 두 손을 홰홰 내저었습니다.

9) 미상불: 아닌 게 아니라 과연.

7

그날 밤이 새도록, 그는 흥분이 되어서 자기의 과거를 일일이 다 이야기하였습니다. 그 이야기에 의지하면 대략 그의 경력이 이러하였습니다. 그의 어머니는 그를 밴 뒤에 곧 자기의 친정에서 쫓겨 나왔습니다. 그때부터 그의 가난함은 시작되었습니다.

그러나 교양이 있고 어진 그의 어머니는 품팔이를 할지언정 성수는 곱게 길렀습니다. 변변치는 않으나마 오르간 하나를 준비하여 두고, 그가 잠자렬 때에는 슈베르트의 '자장가'로써 그의 잠을 도왔으며 아침에 깰 때는 하루 종일 유쾌히 지내게 하기 위하여 도 랜드의 '세컨드 왈츠'로써 그의 원기를 돋우었습니다.

그는 세 살 났을 적에 어머니의 품에 안겨서 오르간을 장난하여 보았습니다. 이 오르간을 장난하는 것을 본 어머니는 근근이 돈을 모아서 그가 여섯 살 나는 해에 피아노를 하나 샀습니다.

아침에는 새소리, 바람에 버석거리는 포플러잎, 어머니의 사랑, 부엌에서 국 끓는 소리, 이러한 모든 것이 이 소년에게는 신비스럽고도 다정스러워 그는 피아노에 향하여 앉아서 생각나는 대로 키를 두드리고 하였습니다. 이러한 가운데 고이 소학과 중학도 마치었습니다. 그러는 동안에 음악에 대한 동경은 그의 가슴에 터질 듯이 쌓였습니다.

중학을 졸업한 뒤에는 인젠 어머니를 위하여 그는 학업을 중지하지 않을 수가 없었습니다. 그는 어떤 공장의 직공이 되었습니다. 그러나 어진 어머니의 교육 아래서 길러난 그는 비록 직공은 되었다 하나 아주 온량한 사람이었습니다. 그리고 음악에 대한 집착은 조금도 줄지 않았습니다. 비록 돈이 없어서 정식으로 음악교육은 못 받을망정 거리에서 손님을 끄느라고 틀어 놓은 유성기 앞이며 또는 일요일 날 예배당에서 찬양대의 노래에 젊은 가슴을 뛰놀리던 그이었습니다. 집에서는 피아노 앞을 떠나 본 일이 없었습니다.

때때로 비상한 감흥으로 오선지를 내어놓고 음보를 그려 본 적도 한두 번이 아니었습니다. 그러나 이상한 것은 그만치 뛰놀던 열정과 터질 듯한 감격도 음보로 그려 놓으면 아무 긴장도 없는 싱거운 음계가 되어 버리고 하였습니다. 왜? 그만치 천분이 있고 그만치 열정이 있던 그에게서 왜 그런 재와 같은 음악만 나왔느냐고 물으실 테지요. 거기 대하여서는 이따가 설명하리다.

감격과 불만 열정과 재, 비상한 흥분과 그 흥분에 대한 반비례되는 시원치 않은 결과 이러한 불만의 십 년이 지났습니다.

8

그의 어머니는 문득 몹쓸 병에 걸렸습니다.

자양[10]과 약값, 그의 몇 해를 근근이 모았던 돈은 차차 줄기 시작하였습니다. 조금이라도 안락한 생활이 되기만 하면 정식으로 음악에 대한 교육을 받으려고 모아 두었던 저금은 그의 어머니의 병에 다 들어갔습니다. 그러나 그의 어머니의 병은 차도가 보이지 않았습니다.

그리하여, 그와 내가 그 예배당에서 만나기 전 해 여름 어떤 날, 그의 어머니는 도저히 회복할 가망이 없는 중태에까지 빠지게 되었습니다. 그러나 그때는 벌써 그에게는 돈이라고는 다 떨어진 때였습니다.

그날 아침, 그는 위독한 어머니를 버려두고 역시 공장에를 갔습니다. 그러나 아무리 하여도 마음이 놓이지 않아서 일을 중도에 그만두고 집으로 돌아왔습니다. 그때는 어머니는 벌써 혼수상태에 빠져 있었습니다. 가슴이 덜컥 내려앉은 그는 황급히 다시 뛰어나갔습니다. 그러나 어디로? 무얼 하러? 뜻 없이 뛰어나와서 한참 달음박질하다가, 그는 문득 정신을 차리고 의사라도 청할 양으로 히끈 돌아섰습니다.

그때였습니다. 아까 내가 말한 바 '기회'라는 것이 그때에 그의 앞

10) 자양: 몸의 영양을 좋게 함.

에 나타났습니다. 그것은 조그만 담뱃가게 앞이었는데 가게와 안방과의 새의 문은 닫겨 있고 안에는 미상불 사람이 있을지나 가게를 보는 사람은 눈에 안 띄었습니다. 그리고 그 담배 상자 위에는 오십 전짜리 은전 한 닢과 동전 몇 닢이 놓여 있었습니다.

그는 자기로도 무엇을 하는지 몰랐습니다. 의사를 청하여 오려면, 다만 몇 십 전이라도 돈이 있어야겠단 어렴풋한 생각만 가지고 있던 그는, 한번 사면을 살핀 뒤에 벼락같이 그 돈을 쥐고 달아났습니다.

그러나 그는 이십 간[11]도 뛰지 못하여 따라오는 그 집 사람에게 붙들렸습니다. 그는 몇 번을 사정하였습니다. 마지막에는 자기의 어머니가 명재경각[12]이니, 한 시간만 놓아주면 의사를 어머니에게 보내고 다시 오마고까지 하여 보았습니다. 그러나, 그런 말은 모두 헛소리로 돌아가고, 그는 마침내 경찰서로 가게 되었습니다.

경찰서에서 재판소로 재판소에서 감옥으로…… 이러한 여섯 달 동안에 그는 이를 갈면서 분해하였습니다. 자기 어머니의 운명이 어찌 되었나. 그는 손과 발을 동동 구르면서 안타까워했습니다. 만약 세상을 떠났다 하면 떠나는 순간에 얼마나 자기를 찾았겠습니까. 임종에도 물 한 잔 떠 넣어 줄 사람이 없는 어머니였습니다. 애타하는 그 모양, 목말라하는 그 모양을 생각하고는 그 어머니에게 지지 않게 자기도 애타하고 목말라했습니다.

---

11) 간: 길이의 단위. 한 간은 여섯 자로, 1.81818미터에 해당한다.
12) 명재경각: 거의 죽게 되어 곧 숨이 끊어질 지경에 이름.

반 년 뒤에 겨우 광명한 세상에 나와서 자기의 오막살이를 찾아가매 거기는 벌써 다른 사람이 들어 있었으며 그의 어머니는 반 년 전에 아들을 찾으며 길에까지 기어 나와서 죽었다 합니다. 공동묘지를 가 보았으나 분묘조차 발견할 수가 없었습니다. 이리하여 갈 곳이 없이 헤매던 그는 그날도 역시 잘 곳을 찾으러 헤매다가 그 예배당(나하고 만난)까지 뛰쳐 들어온 것이었습니다.

9

여기까지 이야기해 오던 K씨는 문득 말을 끊었다. 그리고 마도로스 파이프[13]를 꺼내어 담배를 피워 가지고 빨면서 모씨에게 향하였다.

"선생은 이제 내가 이야기한 가운데 모순된 점을 발견 못 하셨습니까?"

"글쎄요."

"그럼 내가 대신 물으리다. 백성수는 그만치 천분이 많은 음악가였었는데 왜 그 광염 소나타(그날 밤의 소나타를 '광염 소나타'라고 그랬습니다)를 짓기 전에는 그만치 흥분되고 긴장되었다가도 일단 음보로 만들어 놓으면 아주 힘없는 것이 되어 버리고 했겠습니까?"

---

13) 마도로스파이프: 담배통이 크고 뭉툭하며 대가 짧은 서양식 담뱃대의 하나. 뱃사람들이 주로 사용한 데서 유래한다.

"그게야 미상불 그때의 흥분이 '광염 소나타'를 지을 때의 흥분만 못한 연고겠지요."

"그렇게 해석하세요? 듣고 보니 그것은 한 해석이 되기는 합니다. 그러나 나는 그렇게 해석 안 하는데요."

"그럼 K씨는 어떻게 해석하십니까?"

"나는, 아니, 내 해석을 말하는 것보다 그 백성수한테서 내게로 온 편지가 한 장 있는데, 그것을 보여 드리리다. 선생은 오늘 바쁘시지 않으세요?"

"일은 없습니다."

"그러면 우리 집까지 잠깐 같이 가보실까요?"

"가지요."

두 노인은 일어섰다. 도회와 교외의 경계에 달린 K씨의 집에까지 두 노인이 이른 때는 오후 너덧 시가 된 때였었다. 두 노인은 K씨의 서재에 마주앉았다.

"이것이 이삼 일 전에 백성수한테서 내게로 온 편지인데 읽어 보세요."

K씨는 서랍에서 기다란 편지 뭉치를 꺼내어 모씨에게 주었다. 모씨는 받아서 폈다.

"가만, 여기서부터 보세요. 그 전에는 쓸데없는 인사이니까."

10

……(중략) 그리하여 그날도 또한 이제 밤을 지낼 집을 구하느라고 돌아다니던 저는 우연히 그 집, 제가 전에 돈 오십여 전을 훔친 집 앞에까지 이르렀습니다. 깊은 밤 사면은 고요한데 그 집 앞에서 잘 곳을 구하느라고 헤매던 저는 문득 마음속에 무서운 복수의 생각이 일어났습니다. 이 집만 아니었더면, 이 집 주인이 조금만 인정이라는 것을 알았더면, 저는 그 불쌍한 제 어머니로서 길에까지 기어 나와서 세상을 떠나게 하지는 않았겠습니다. 분묘가 어디인지조차 알지 못하여 꽃 한 번 갖다가 꽂아 보지 못한 이러한 불효도 이 집 때문이외다. 이러한 생각에 참지를 못하여, 그 집 앞에 가려 있는 볏짚에다가 불을 놓았습니다. 그리고 거기 서서 불이 집으로 옮아가는 것을 다 본 뒤에 갑자기 무서운 생각이 나서 달아났습니다.

좀 달아나다 보매 아래서는 벌써 사람이 꾀어들기 시작한 모양인데 이때에 저의 머리에 타오르는 생각은 통쾌하다는 생각과 달아나려는 생각뿐이었습니다. 그리하여 저는 몸을 숨기기 위하여 앞에 보이는 예배당 안으로 뛰어 들어갔습니다. 거기서 불이 다 꺼지도록 구경을 한 뒤에 나오려다가 피아노를 보고…….

11

"이 보세요."

K씨는 편지를 보는 모씨를 찾았다.

"비상한 열정과 감격은 있어두 그것이 그대로 표현 안 된 것이 그것 때문이었습니다. 즉 성수의 어머니는 몹시 어진 사람으로서 어렸을 때부터 성수의 교육을 몹시 힘을 들여서 착한 사람이 되도록, 이렇게 길렀습니다그려. 그 어진 교육 때문에 그가 하늘에서 타고난 광포성과 야성이 표면상에 나타나지를 못하였습니다. 그 타오르는 야성적 열정과 힘이 음보(音譜)로 그려 놓으면 아주 힘없는, 말하자면 김빠진 술과 같이 되고 하는 것이 모두 그 때문이었습니다그려. 점잖고 어진 교훈이, 그의 천분을 못 발휘하게 한 셈이지요."

"흠."

"그것이, 그 사람 성수가, 감옥생활을 할 동안에 한 번 씻기기는 하였으나, 그러나 사람의 교양이라 하는 것은 온전히 씻지는 못하는 것이외다. 그러다가, 그 '원수'의 집 앞에서 갑자기, 말하자면 돌발적으로 야성과 광포성이 나타나서 불을 놓고 예배당 안에 숨어 서서 그 야성적 광포적 쾌미를 한껏 즐긴 다음에, 그에게서 폭발하여 나온 것이 그 '광염 소나타'였구려. 일어서는 불길, 사람의 비명, 온갖 것을 부시하고 펴져 나가는 불의 세력…… 이런 것은 사실 야성적 쾌미 가운데 으뜸이 되는 것이니깐요."

"……."

"아셨습니까. 그러면 그 다음에 그 편지의 여기부터 또 보세요."

12

……(중략) 저는 그날의 일이 아직 눈앞에 어리는 듯하외다. 선생님이 저를 세상에 소개하시기 위하여 늙으신 몸이 몸소 피아노에 앉으셔서 초대한 여러 음악가들 앞에서 제 '광염 소나타'를 탄주하시던 그 광경은 지금 생각하여도 제 눈에서 눈물이 나오려 합니다. 그때에 그 손님 가운데 부인 손님 두 분이 기절을 한 것은 결코 '광염 소나타'의 힘뿐이 아니고 선생의 그 탄주의 힘이 많이 섞인 것을 뉘라서 부인하겠습니까. 그 뒤에 여러 사람 앞에 저를 내어 세우고,

"이 사람이 '광염 소나타'의 작자이며 삼십 년 전에 우리를 버려두고 혼자 간 일대의 귀재 백○○의 아들이외다."

고 소개를 하여 주신 그때의 그 감격은 제 일생에 어찌 잊사오리까.

그 뒤에 선생님께서 저를 위하여 꾸며 주신 방도 또한 제 마음에 가장 맞는 방이었습니다. 널따란 북향 방에 동남쪽 귀에 든든한 참나무 침대가 하나, 서북쪽 귀에 아무 장식 없는 참나무 책상과 의자, 피아노가 하나씩, 그 밖에는 방 안에 장식이라고는 서남쪽 벽에 커다란 거울이 하나 있을 뿐, 덩더렁게 넓은 방은 사실 밤에 전등 아래 앉아 있노라면 저절로 소름이 끼치도록 무시무시한 방이었습

니다. 게다가 방 안은 모두 꺼먼 칠을 하고, 창 밖에는 늙은 홰나무의 고목이 한 그루 서 있는 것도 과연 귀기가 돌았습니다. 이러한 가운데서 선생님은 저로 하여금 방분스러운[14] 음악을 낳도록 애써 주셨습니다.

저도 그런 환경 아래서 좋은 음악을 낳아 보려고 얼마나 애를 썼겠습니까. 어떤 날 선생님께 작곡에 대한 계통적 훈련을 원할 때에 선생님은 이렇게 대답하셨습니다.

"자네게는 그러한 교육이 필요가 없어. 마음대로 나오는 대로 하게. 자네 같은 사람에게 계통적 훈련이 들어가면 자네의 음악은 기계화해 버리고 말아. 마음대로 온갖 규칙과 규범을 무시하고 가슴에서 터져 나오는 대로……."

저는 이 말씀의 뜻을 똑똑히는 몰랐습니다. 그러나 대략한 의미뿐은 통하였습니다. 그리하여 저는 마음대로 한껏 자유스러운 음악의 경지를 개척하려 하였습니다. 그러나 그 동안에 제가 산출한 음악은 모두 이상히도 저의 이전(제 어머니가 아직 살아 계실 때)의 것과 마찬가지로 아무러한 힘도 없는 음향의 유희에 지나지 못하였습니다.

저는 얼마나 초조하였겠습니까. 때때로 선생님께서 채근 비슷이 하시는 말씀은 저로 하여금 더욱 초조하게 하였습니다. 그리고 마

14) 방분스럽다: 보기에 제멋대로 나아가 거침이 없는 듯하다.

음이 초조하면 초조할수록 제게서 생겨나는 음악은 더욱 나약한 것이 되었습니다.

저는 때때로 그 불붙던 광경을 생각하여 보았습니다. 그리고 그때에 통쾌하던 감정을 되풀이하여보려 하였습니다. 그러나 그것 역시 실패에 돌아갔습니다. 때때로 비상한 열정으로 음보를 그려 놓은 뒤에 몇 시간을 지나서 다시 한 번 읽어 보면 거기는 아무 힘이 없는 개념만 있고 하였습니다. 저의 마음은 차차 무거워지기 시작하였습니다. 그리고 큰 기대를 가지고 계신 선생님께도 미안하기가 짝이 없었습니다.

"음악은 공예품과 달라서 마음대로 만들고 싶은 때에 되는 것이 아니니 마음 놓고 천천히 감흥이 생긴 때에……."

이러한 선생님의 위로의 말씀이 듣기가 제 살을 깎아 먹는 듯하였습니다. 그러나 제 마음 상은 인제는 제게서 다시 힘 있는 음악이 나올 기회가 없는 것 같이만 생각되었습니다. 이러는 동안에 무위의 몇 달이 지났습니다.

어떤 날 밤중, 가슴이 너무 무겁고 가슴속에 무엇이 가득 찬 것 같이 거북하여서, 저는 산보를 나섰습니다. 무거운 머리와 무거운 가슴과 무거운 다리를 지향 없이 옮기면서 돌아다니다가 저는 어떤 곳에서 커다란 볏짚 낟가리를 발견하였습니다.

이때의 저의 심리를 어떻게 형용하였으면 좋을지 저는 모르겠습니다. 저는 무슨 무서운 적(敵)을 만난 것 같이 긴장되고 흥분되었습니다. 저는 사면을 한번 살펴보고, 그 낟가리에 달려가서 불을 그어서 놓았습니다. 그리고 갑자기 무서움증이 생겨서 돌아서서 달아나다가, 멀찌가니까지 달아나서 돌아보니까, 불길은 벌써 하늘을 찌를 듯이 일어났습니다. 왁, 왁, 꺄, 꺄, 사람들이 부르짖는 소리도 들렸습니다. 저는 다시 그곳까지 가서, 그 무서운 불길에 날아 올라가는 볏짚이며, 그 낟가리에 연달아 있는 집을 헐어 내는 광경을 구경하다가 문득 흥분되어서 집으로 돌아왔습니다.

그날 밤에 된 것이 '성난 파도'이었습니다.

그 뒤에 이 도회에서 일어난, 알지 못할 몇 가지의 불은, 모두 제가 질러 놓은 것이었습니다. 그리고, 불이 있던 날 밤마다 저는 한 가지의 음악을 얻었습니다. 며칠을 연하여 가슴이 몹시 무겁다가 그것이 마침내 식체[15]와 같이 거북하고 답답하게 되는 때는 저는 뜻없이 거리를 나갑니다. 그리고 그러한 날은 한 가지의 방화사건이 생겨나며 그날 밤에는 한 곡의 음악이 생겨났습니다.

15) 식체: 음식에 의하여 비위가 상하는 병증.

13

그러나 그것도 번수가 차차 많아 갈 동안, 저의, 그 불에 대한 흥분은 반비례로 줄어졌습니다. 온갖 것을 용서하지 않는 불꽃의 산혹함도, 그다지 제 마음을 긴장시키지 못하였습니다.

"차차, 힘이 적어져 가네."

선생님께서 제 음악을 보시고 이렇게 말씀하신 것이 그러한 때였습니다. 그러나, 저는 게서 더할 도리가 없었습니다. 하는 수 없이 저는 한동안 음악을 온전히 잊어버린 듯이 내버려두었습니다.

14

모씨가 성수의 마지막 편지를 여기까지 읽었을 때에, K씨가 찾았다.

"재작년 봄에서 가을에 걸쳐서, 원인 모를 불이 많지 않았습니까. 그것이 죄 성수의 장난이었습니다그려."

"K씨는 그것을 온전히 모르셨습니까?"

"나요? 몰랐지요. 그런데, 그 어떤 날 밤이구려. 성수는 기대에 반해서, 우리 집으로 온 지 여러 달이 됐지만, 한 번도 힘 있는 것을 지어 본 일이 없겠지요. 그래서, 저 사람에게 무슨 흥분될 재료를 줄 수가 없나 하고 혼자 생각하며 있더랬는데, 그때에 저―편―"

K씨는 손을 들어 남편 쪽 창을 가리켰다.

"저—편 꽤 멀리서 불붙는 것이 눈에 뜨입디다 그려. 그래서 저것을 성수에게 보이면, 혹 그때의 감정(그때는, 나는 그 담배 장수네 집에 불이 일어난 것도 성수의 장난인 줄은 꿈에도 생각 안 했구료)을 부활시킬지도 모르겠다, 이렇게 생각하구 성수의 방으로 올라가려는데, 문득 성수의 방에서 피아노 소리가 울려 나옵니다 그려. 나는 올라가려던 발을 부지중 멈추고 말았지요. 역시 C샤프 단음계로서, 제 일곡은 뽑아 먹고, 아다지오에서 시작되는데, 고요하고 잔잔한 바다, 수평선 위로 넘어가려는 저녁 해, 이러한 온화한 것이 차차 스케르초로 들어가서는 소낙비, 풍랑, 번개질, 무서운 바람 소리, 우레질, 전복되는 배, 곤해서 물에 떨어지는 갈매기, 한번 뒤집어지면서 해일에 쓸려 나가는 동네 사람의 부르짖음…… 흥분에서 흥분, 광포에서 광포, 야성에서 야성, 온갖 공포와 포학한 광경이 눈앞에 어릿거리는데, 이 늙은 내가 그만 흥분에 못 견디어, 뜻하지 않고 '그만두어 달라'고 고함친 것만으로도 짐작하시겠지요. 그리고 올라가서 보니깐, 그는 탄주를 끝내고 피곤한 듯이 피아노에 기대고 앉아 있고, 이제 탄주한 것은 벌써 '성난 파도'라는 제목 아래 음보로 되어 있습디다."

"그러면 성수는 불을 두 번 놓고, 두 음악을 얻었다는 말씀이지요?"

"그렇지요. 그러고, 그 뒤부터는 한 십여 일 건너서는 하나씩 지었는데, 그것이 지금 보면, 한 가지의 방화사건이 생길 때마다 생겨난 것이었습니다. 그러나, 그의 편지마따나, 얼마 지나서부터는 차차 그 힘과 야성이 적어지기 시작했지요. 그래서……."

"가만 계십쇼. 그 사람이 그 다음에도 '피의 선율'이나 그 밖에 유명한 곡조를 여러 개 만들지 않았습니까?"

"글쎄 말이외다. 거기 대한 설명은 그 편지를 또 보십쇼. 여기서부터 또 보시면 알리다."

15

……(중략) ××다리 아래로서 나오려는데, 무엇이 발길에 채는 것이 있었습니다. 성냥을 그어 가지고 보니깐, 그것은 웬 늙은이의 송장이었습니다. 저는 그것이 무서워서 달아나려다가, 돌아서려던 발을 다시 돌이켰습니다. 그리고,

선생님은 이제 제가 쓰는 일을 이해하여 주실는지요. 그것은 너무도 기괴한 일이라 저로서도 믿어지지 않는 일이었습니다. 그 송장을 타고 앉았습니다. 그리고 그 송장의 옷을 모두 찢어서 사면으로 내어던진 뒤에, 그 벌거벗은 송장을, (제 힘이라 생각되지 않는) 무서운 힘으로써 높이 쳐들어서, 저편으로 내어던졌습니다. 그런 뒤에는, 마치 고양이가 알을 가지고 놀듯, 다시 뛰어가서 그 송장을 들어서, 도로 이편으로 던졌습니다. 이렇게 몇 번을 하여 머리가 깨지고, 배가 터

지고…… 그 송장은 보기에도 참혹스러이 되었습니다. 그리하여 그 송장을 다시 만질 곳이 없이 된 뒤에, 저는 그만 곤하여 그 자리에 앉아서 쉬려다가 갑자기 마음이 긴장되고 흥분되어서, 집으로 달려 왔습니다.

그날 밤에 된 것이 '피의 선율'이었습니다.

16

"선생은 이러한 심리를 아시겠습니까?"

"글쎄요."

"아마, 모르실 걸요, 그러나 예술가로서는 능히 머리를 끄덕일 수 있는 심리외다. 그리고 또 여기를 읽어 보십시오."

17

……(중략) 그 여자가 죽었다는 것은 제게는 사실 뜻밖이었습니다. 저는, 그날 밤 혼자 볼래 그 여자의 무덤을 찾아갔습니다. 그리고 칠팔 시간 전에 묻어 놓은 그의 무덤의 흙을 다시 파서 그의 시체를 꺼내어 놓았습니다.

푸르른 달빛 아래 누워 있는 아름다운 그의 모양은 과연 선녀와 같았습니다. 가볍게 눈을 닫고 있는 창백한 얼굴, 곧은 콧날, 풀어헤친 검은 머리…… 아무 표정도 없는 고요한 얼굴은 더욱 처염함을 도왔습니다. 이것을 정신이 없이 들여다보고 있던 저는 갑자기 흥분이 되어, 아아, 선생님 저는 이 아래를 쓸 용기가 없습니다. 재판소의 조서를 보시면 저절로 아실 것이올시다.

그날 밤에 된 것이 '사령(死靈)'이었습니다.

18

"어떻습니까?"

"……."

"네?"

"……."

"언어도단이에요? 선생의 눈으로는 그렇게 뵈시리다. 또 여기를 읽어 보십쇼."

19

……(중략) 이리하여 저는 마침내 사람을 죽인다 하는 경우에까지 이르렀습니다. 그리고 한 사람이 죽을 때마다 한 개의 음악이 생겨났습니다. 그 뒤부터 제가 지은 그 모든 것은 모두 다 한 사람씩의 생명을 대표하는 것이었습니다.

20

"인전 더 보실 것이 없습니다. 그런데 그만큼 보셨으면 성수에 대한 대략한 일은 아셨을 터인데, 거기 대한 의견이 어떻습니까?"

"……."

"네?"

"어떤 의견 말씀이오니까?"

"어떤 '기회'라는 것이 어떤 사람에게서, 그 사람의 가지고 있는 천재와 함께, '범죄 본능'까지 끄을어내었다 하면, 우리는 그 '기회'를 저주하여야겠습니까? 혹은 축복하여야겠습니까? 이 성수의 일로 말하자면 방화, 사체 모욕, 시간, 살인, 온갖 죄를 다 범했어요. 우리 예술가협회에서 별로 수난을 다 써서 성부에 탄원하고 재판소에 탄원하고 해서 겨우 성수를 정신병자라 하는 명목 아래 정신병원에 감금했지, 그렇지 않으면 당장에 사형이 아닙니까. 그런데 이제 그

편지를 보셔도 짐작하시겠지만 통상시에는 그 사람은 아주 명민하고 점잖고 온화한 청년입니다. 그러나 때때로 그, 뭐랄까, 그 흥분 때문에 눈이 아득하여져서 무서운 죄를 범하고 그 죄를 범한 다음에는 훌륭한 예술을 하나씩 산출합니다. 이런 경우에 우리는 그 죄를 밉게 보아야 합니까, 혹은 그 범죄 때문에 생겨난 예술을 보아서 죄를 용서하여야 합니까?"

"그게야 죄를 범치 않고 예술을 만들어 냈으면 더 좋지 않습니까?"

"물론이지요. 그러나 이 성수 같은 사람도 있는 것이니깐 이런 경우엔 어떻게 해결하렵니까?"

"죄를 벌해야지요. 죄악이 성하는 것을 그냥 볼 수는 없습니다."

K씨는 머리를 끄덕였다.

"그렇겠습니다. 그러나 우리 예술가의 견지로는 또 이렇게 볼 수도 있습니다. 베토벤 이후로는 음악이라 하는 것이 차차 힘이 빠져 가서 꽃이나 계집이나 찬미할 줄 알고 연애나 칭송할 줄 알아서 선이 굵은 것은 볼 수가 없이 되었습니다. 게다가 엄정한 작곡법이 있어서 그것은 마치 수학의 방정식과 같이 작곡에 대한 온갖 자유스런 경지를 제한해 놓았으니깐 이후에 생겨나는 음악은 새로운 길을 개척하기 전에는 한 기술이 될 것이지 예술이 될 수는 없습니다. 예술가에게는 이것이 쓸쓸해요. 힘 있는 예술, 선이 굵은 예술, 야성으로 충일된 예술…… 저는 이것을 기다린 지 오랬습니다. 그럴 때에, 백성수가 나타났습니다. 사실 말이지 백성수의 그새의 예술은 그 하나하나가 모두 우리의 문화를 영구히 빛낼 보물입니다. 우리의 문화의 기념탑입니다. 방화? 살인? 변변치 않은 집개, 변변치 않은 사람개는 그의 예술의 하나가 산출되는 데 희생하라면 결코 아깝지 않습니다. 천 년에 한 번, 만 년에 한 번 날지 못 날지 모르는 큰 천재를, 몇 개의 변변치 않은 범죄를 구실로 이 세상에서 없이하여 버린다 하는 것은 더 큰 죄악이 아닐까요. 적어도 우리 예술가에게는 그렇게 생각됩니다."

K씨는 마주앉은 노인에게서 편지를 받아서 서랍에 집어넣었다. 새빨간 저녁 해에 비치어서 그의 늙은 눈에는 눈물이 반득였다.

《중외일보(1929. 1.)》

김동인 단편선

붉은 산

- 어떤 의사(醫師)의 수기(手記) -

붉은 산 - 어떤 의사(醫師)의 수기(手記) -

그것은 여(余)[1]가 만주를 여행할 때 일이었다. 만주의 풍속도 좀 살필 겸 아직껏 문명의 세례를 받지 못한 그들의 사이에 퍼져 있는 병(病)을 조사할 겸해서 일 년의 기한을 예산하여 가지고 만주를 시시콜콜히 다 돌아온 적이 있었다. 그때에 ××촌이라 하는 조그만 촌에서 본 일을 여기에 적고자 한다.

××촌은 조선 사람 소작인만 사는 한 이십여 호 되는 작은 촌이었다. 사면을 둘러보아도 한 개의 산도 볼 수가 없는 광막한 만주의 벌판 가운데 놓여 있는 이름도 없는 작은 촌이었다. 몽고사람 종자(從者)를 하나 데리고 노새를 타고 만주의 촌촌을 돌아다니던 여가 그 ××촌에 이른 때는 가을도 다 가고 어느덧 광포한 북극의 겨울이 만주를 찾아온 때였다.

만주의 어느 곳이나 조선 사람이 없는 곳은 없지만 이러한 오지(奧地)에서 한 동네가 죄 조선 사람뿐으로 되어 있는 곳을 만나니 반

1) 여(余): 성씨나 이름이 아닌, '나'라는 뜻의 한자어 일인칭 대명사.

가왔다. 더구나 그 동네는 비록 모두가 만주국인의 소작인이라 하나, 사람들이 비교적 온량하고 정직하여, 장성한 이들은 그래도 모두 천자문 한 권쯤은 읽은 사람이었다.

살풍경한 만주, 그 가운데서 살풍경한 살림을 하는 만주국인이며 조선 사람의 동네를 근 일 년이나 돌아다니다가 비교적 평화스런 이런 동네를 만나면, 그것이 비록 외국인의 동네라 하여도 반갑겠거늘, 하물며 우리 같은 동족임에랴. 여는 그 동네에서 한 십여 일 이상을 일없이 매일 호별 방문을 하며 그들과 이야기로 날을 보내며, 오래간만에 맛보는 평화적 기분을 향락하고 있었다.

'삵'이라는 별명을 가지고 있는 '정익호'라는 인물을 본 것이 여기서이다.

익호라는 인물의 고향이 어디인지는 ××촌에서 아무도 몰랐다. 사투리로 보아서 경기 사투리인 듯하지만 빠른 말로 재재거리는 때에는 영남 사투리가 보일 때도 있고, 싸움이라도 할 때는 서북 사투리가 보일 때도 있었다. 그런지라 사투리로서 그의 고향을 짐작할 수가 없었다. 쉬운 일본말도 알고, 한문글자도 좀 알고, 중국말은 물론 꽤 하고, 쉬운 러시아말도 할 줄 아는 점 등등, 이곳저곳 숱하게 주워 먹은 것은 짐작이 가지만 그의 경력을 똑똑히 아는 사람은 없었다.

그는 여(余)가 ××촌에 가기 일 년 전쯤 빈손으로 이웃이라도 오듯 후덕덕 ××촌에 나타났다 한다. 생김생김으로 보아서 얼굴이 쥐와 같고 날카로운 이빨이 있으며 눈에는 교활함과 독한 기운이 늘 나타나 있으며, 발룩한 코에는 코털이 밖으로까지 보이도록 길게 났고, 몸집은 작으나 민첩하게 되었고, 나이는 스물다섯에서 사십까지 임의로 볼 수 있으며, 그 몸이나 얼굴 생김이 어디로 보든 남에게 미움을 사고 근접지 못할 놈이라는 느낌을 갖게 한다.

그의 장기(長技)는 투전이 일쑤며, 싸움 잘하고, 트집 잘 잡고, 칼부림 잘하고, 색시에게 덤벼들기 잘하는 것이라 한다.

생김생김이 벌써 남에게 미움을 사게 되었고, 거기다 하는 행동조차 변변치 못한 일만이라, ××촌에서도 아무도 그를 대척하는 사람이 없었다. 사람들은 모두 그를 피하였다. 집이 없는 그였으나 뉘 집에 잠이라도 자러 가면 그 집 주인은 두 말 없이 다른 방으로 피하고 이부자리를 준비하여주고 하였다. 그러면 그는 이튿날 해가 낮이 되도록 실컷 잔 뒤에 마치 제 집에서 일어나듯 느직이 일어나서 조반을 청하여 먹고는 한마디의 사례도 없이 나가버린다.

그리고 만약 누구든 그의 이 청구에 응치 않으면 그는 그것을 트집으로 싸움을 시작하고, 싸움을 하면 반드시 칼부림을 하였다.

동네의 처녀들이며 젊은 여인들은 익호가 이 동네에 들어온 뒤부터는 마음 놓고 나다니지를 못하였다. 철없이 나갔다가 봉변을 당한 사람도 몇이 있었다.

'삵'

이 별명은 누가 지었는지 모르지만 어느덧 ××촌에서는 익호를 익호라 부르지 않고 '삵'이라고 부르게 되었다.

"삵이 뉘 집에서 묵었나?"

"김 서방네 집에서."

"다른 봉변은 없었다나?"

"요행히 없었다네."

그들은 아침에 깨면 서로 인사 대신으로 '삵'의 거취를 알아보고 하였다.

'삵'은 이 동네에는 커다란 암종[2]이었다. '삵' 때문에 아무리 농사에 사람이 부족한 때라도 젊고 튼튼한 몇 사람은 동네의 젊은 부녀를 지키기 위하여 동네 안에 머물러 있지 않을 수가 없었다. '삵' 때문에 부녀와 아이들은 아무리 더운 여름 저녁에라도 길에 나서서 마음 놓고 바람을 쏘여보지를 못하였다. '삵' 때문에 동네에서는 닭의 가리며 돼지우리를 지키기 위하여 밤을 새지 않을 수가 없었다.

동네의 노인이며 젊은이들은 몇 번을 모여서 '삵'을 이 동리에서 내어 쫓기를 의논하였다. 물론 합의는 되었다. 그러나 내어 쫓는 데 선착[3]할 사람이 없었다.

"첨지가 선착하면 뒤는 내 담당하마."

"뒤는 걱정 말고 형님 먼저 말해보시오."

제각기 '삵'에게 먼저 달겨들기를 피하였다.

---

2) 암종: 표피, 점막, 샘 조직 따위의 상피 조직에서 생기는 악성 종양.
3) 선착: 선착수(남보다 먼저 손을 댐).

이리하여 동리에서는 합의는 되었으나 '삵'은 그냥 태연히 이 동네에 묵어있게 되었다.

"며늘 년들이 조반이나 지었나?"

"손주 놈들이 잠자리나 준비했나?"

마치 그 동네의 모두가 자기의 집안인 것같이 '삵'은 마음대로 이집저집을 드나들었다.

××촌에서는 사람이라도 죽으면 반드시 조상 대신으로,

"삵이나 죽지 않고."

하는 한마디의 말을 잊지 않고 하였다. 누가 병이라도 나면,

"에익! 이놈의 병 '삵'한테로 가거라."

고 하였다.

암종— 누구나 '삵'을 동정하거나 사랑하는 사람이 없었다.

'삵'도 남의 동정이나 사랑은 벌써 단념한 사람이었다. 누가 자기에게 아무런 대접을 하든 탓하지 않았다. 보이는 데서 보이는 푸대접을 하면 그 트집으로 반드시 칼부림까지 하는 그였지만, 뒤에서 아무런 말을 할지라도 그리고 그것이 '삵'의 귀에까지 갈지라도 탓하지 않았다.

"흥……."

이 한마디는 그의 가장 큰 처세 철학이었다.

흔히 곁 동네 만주국인들의 투전판에 가서 투전을 하였다. 때때로 두들겨 맞고 피투성이가 되어서 돌아오는 일도 있었다. 그러나 그는

그 하소연을 하는 일이 없었다. 한다 할지라도 들을 사람도 없거니와— 아무리 무섭게 두들겨 맞은 뒤라도 하루만 샘물에 상처를 씻고 절룩절룩한 뒤에는 또 이튿날은 천연히 나다녔다.

여(余)가 ××촌을 떠나기 전날이었다.

송 첨지라는 노인이 그해 소출[4]을 나귀에 실어 가지고 만주국인 지주가 있는 촌으로 갔다. 그러나 돌아올 때는 송장이 되었다. 소출이 좋지 못하다고 두들겨 맞아서 부러져 꺾어진 송 첨지는 나귀 등에 몸이 결박되어서 겨우 ××촌으로 돌아왔다. 그리고 놀란 친척들이 나귀에서 몸을 내릴 때에 절명하였다.

××촌에서는 왁자하였다.

"원수를 갚자!"

명 아닌 목숨을 끊은 송 첨지를 위하여 동네의 젊은이는 모두 흥분하였다. 제각기 이제라도 들고 일어설 듯하였다.

그러나 그뿐이었다. 누구든 앞장을 서려는 사람이 없었다. 만약 이때에 누구든 앞장을 서는 사람만 있었더면 그들은 곧 그 지주에게로 달려갔을지 모른다. 그러나 제가 앞장을 서겠노라고 나서는 사람은 없었다. 제각기 곁 사람을 돌아보았다.

발을 굴렀다. 부르짖었다. 학대받는 인종의 고통을 호소하며 울었다. 그러나— 그뿐이었다. 남의 일로 지주에게 반항하여 제 밥자리

4) 소출: 논밭에서 나는 곡식. 또는 그 곡식의 양.

까지 떼이기를 꺼림인지, 용감히 앞서 나가는 사람은 없었다.

여는 의사라는 여의 직업상 송 첨지 시체를 검시를 하였다. 돌아오는 길에 여는 '삵'을 만났다. 키가 작은 '삵'을 여는 내려다보았다. '삵'은 여를 쳐다보았다.

'가련한 인생아. 인종의 거머리야. 가치 없는 인생아. 밥버러지야. 기생충아!'

여는 '삵'에게 말하였다.

"송 첨지가 죽은 줄 아나?"

여의 말에 아직껏 여를 쳐다보고 있던 '삵'의 얼굴이 아래로 떨어졌다. 그리고 여가 발을 떼려는 순간 얼핏 '삵'의 얼굴에 나타난 비창[5] 한 표정을 여는 넘길 수가 없었다.

고향의 떠난 만 리 밖에서 학대받는 인종의 가엾음을 생각하고 그 밤은 여도 잠을 못 이루었다. 그 억분함을 호소할 곳도 못 가진 우리의 처지를 생각하고, 여도 눈물을 금치를 못하였다.

이튿날 아침이었다.

여를 깨우러 오는 사람의 소리에 여는 반사적으로 일어났다.

'삵'이 동구(洞口) 밖에서 피투성이가 되어 죽어 있다는 것이었다. 여는 '삵'이라는 말에 눈살을 찌푸렸다. 그러나 의사라는 직업상, 곧 가방을 수습하여 가지고 '삵'이 넘어진 데까지 달려갔다. 송 첨지의

---

5) 비창: 마음이 몹시 상하고 슬픔.

장례식 때문에 모였던 사람 몇은 여의 뒤를 따라왔다.

여는 보았다. '삵'의 허리가 기역자로 뒤로 부러져서 밭고랑 위에 넘어져 있는 것을 여는 달려가 보았다. 아직 약간의 온기는 있었다.

"익호! 익호!"

그러나 그는 정신을 못 차렸다. 여는 응급수단을 취하였다. 그의 사지는 무섭게 경련되었다. 이윽고 그가 눈을 번쩍 떴다.

"익호! 정신드나?"

그는 여의 얼굴을 보았다. 끝이 없이 한참을 쳐다보았다. 그의 눈동자가 움직이었다.

겨우 처지를 깨달은 모양이었다.

"선생님, 저는 갔었습니다."

"어디를?"

"그 놈…… 지주 놈의 집에……."

무얼? 여는 눈물 나오려는 눈을 힘 있게 닫았다. 그리고 덥석 그의 벌써 식어가는 손을 잡았다. 잠시의 침묵이 계속되었다. 그의 사지에서는 무서운 경련이 끊임없이 일었다. 그것은 죽음의 경련이었다. 듣기 힘든 그의 작은 소리가 또 그의 입에서 나왔다.

"선생님."

"왜?"

"보고 싶어요. 전 보구 시……."

"뭐이?"

그는 입을 움직였다. 그러나 말이 안 나왔다. 기운이 부족한 모양이었다. 잠시 뒤에 그는 또다시 입을 움직였다. 무슨 소리가 그의 입에서 나왔다.

"무얼?"

"보고 싶어요. 붉은 산이— 그리고 흰 옷이!"

아아, 죽음에 임하여 그의 고국과 동포가 생각난 것이었다. 여는 힘 있게 감았던 눈을 고즈너기 떴다. 그때에 '삵'의 눈도 번쩍 뜨이었다. 그는 손을 들려고 하였다. 그러나 이미 부러진 그의 손은 들리지 않았다. 그는 머리를 돌이키려 하였다. 그러나 그런 힘이 없었다.

그의 마지막 힘을 혀끝에 모아가지고 입을 열었다…….

"선생님!"

"왜?"

"저것…… 저것……."

"무얼?"

"저기 붉은 산이…… 그리고 흰 옷이…… 선생님 저게 뭐예요!"

여는 돌아보았다. 그러나 거기는 황막한 만주의 벌판이 전개되어 있을 뿐이었다.

"선생님 노래를 불러주세요. 마지막 소원— 노래를 해주세요. 동해물과 백두산이 마르고 닳도록……."

여는 머리를 끄덕이고 눈을 감았다. 그리고 입을 열었다. 여의 입에서는 창가가 흘러나왔다. 여는 고즈너기 불렀다.

"동해물과 백두산이……."

고즈너기 부르는 여의 창가 소리에 뒤에 둘러섰던 다른 사람의 입에서도 숭엄한 코러스는 울리어 나왔다.

무궁화 삼천리 화려 강산…….

광막한 겨울의 만주벌 한편 구석에서는 밥버러지 익호의 죽음을 조상하는 숭엄한 노래가 차차 크게 엄숙하게 울리었다. 그 가운데 익호의 몸은 점점 식어갔다.

《삼천리37호(1933. 4.)》

김동인 단편선

발가락이 닮았다

발가락이 닮았다

1

노총각 M이 혼약을 하였다.

우리들은 이 소식을 들을 때에 뜻하지 않고 서로 얼굴을 마주보았습니다.

M은 서른두 살이었습니다. 세태가 갑자기 변하면서 혹은 경제문제 때문에, 혹은 적당한 배우자가 발견되지 않기 때문에, 혹은 단지 조혼(早婚)이라 하는 데 대한 반항심 때문에, 늦도록 총각으로 지내는 사람이 많아 가기는 하지만, 서른두 살의 총각은 아무리 생각하여도 좀 너무 늦은 감이 없지 않았습니다. 그래서 그의 친구들은 아직껏 기회가 있을 때마다 그에게 채근 비슷이, 결혼에 대한 주의를 하고 하였습니다. 그러나, M은 언제나 그런 의론을 받을 때마다(속으로는 매우 흥미를 가진 것이 분명한데) 겉으로는 고소[1]로써 친구들의 말을 거절하고 하였습니다. 그러던 M이 우리의 모르는 틈에 어느덧

1) 고소: 쓴웃음.

혼약을 한 것이외다.

M은 가난하였습니다. 매우 불안정한 어떤 회사의 월급쟁이였습니다. 이 뿌리 약한 그의 경제상태가 그로 하여금 늙도록 총각으로 지내게 한 듯도 합니다. 그리고 이 때문에 친구들은 M의 총각생활을 애석히 생각하여 장가들기를 권하는 것이었습니다.

그러나 나뿐은 M이 장가를 가지 않는 데 다른 종류의 해석을 내리고 있었습니다. 의사라는 나의 직업이 발견한 M의 육체적의 결함…… 이것 때문에 M은 서른이 넘도록 총각으로 지낸다, 나는 이렇게 믿고 있었습니다.

M은, 학생시대부터 대단한 방탕생활을 하였습니다. 방탕이래야 금전상의 여유가 부족한 그는, 가장 하류에 속하는 방탕을 하였습니다. 오십 전 혹은 일 원만 생기면, 즉시로 우동집이나 유곽으로 달려가던 그였습니다. 체질상, 성욕이 강한 그는, 그 불붙는 성욕을 끄기 위하여 눈앞에 닥치는 기회는 한 번도 놓치지 않았습니다. 친구들을 만날지라도, 음식을 한턱하라기보다 유곽을 한턱하라는 그였습니다.

"질(質)로는 모르지만, 양(量)으로는 세계의 누구에게든 그다지 지지 않을 테다."

관계한 여인의 수효에 대하여 이렇게 발언하기를 주저치 않으리만치, 그는 선택(選擇)이라는 도정을 밟지 않고 '집어세었'습니다. 스물서너 살에 벌써 이백 명은 넘으리라는 것을 발표하였습니다. 서른

살 때는 벌써 괴승(怪僧) 신돈(辛旽)이를 멀리 눈 아래로 굽어보았을 것입니다. 그런지라, 온갖 성병(性病)을 경험하지 못한 것이 없었습니다. 더구나, 술이 억 배요, 그 위에 유달리 성욕이 강한 그는, 성병에 걸린 동안도 결코 삼가지를 않았습니다. 일 년 삼백육십여 일 그에게서 성병이 떠나 본 적은 없었습니다. 늘 농이 흐르고, 한 달 건너큼 고환염(睾丸炎)으로써, 걸음걸이도 거북스러운 꼴을 하여 가지고 나한테 주사를 맞으러 오고 하였습니다. 그러는 동안에도, 오십 전, 혹은 일 원만 생기면 또한 성행위를 합니다. 이런지라 무론 그는 생식능력이 없어진 사람이었습니다.

이 일을 잘 아는 나는, M이 결혼을 안 하는 이유를 여기다가 연결시켜 가지고, 그의 도덕심(?)에 동정까지 하고 있었습니다. 일생을 빈곤한 가운데서 보내고, 늙은 뒤에도 슬하도 없이 쓸쓸하게 지낼 그, 더구나 자기를 봉양할 슬하가 없기 때문에, 백발이 되도록 제 손으로 이 고해를 헤엄치어 나갈 그는, 과연 한 가련한 존재이겠습니다.

이렇던 M이 어느덧 우리의 모르는 틈에 우물쭈물 혼약을 한 것이외다.

하기는 며칠 전에 이런 일이 있었습니다. 그날 저녁을 먹은 뒤에, 혼자서 신간 치료보고서를 읽고 있을 때에 M이 찾아왔습니다. 그리고 비교적 어두운 얼굴로서, 내가 묻는 이야기에도 그다지 시원치 않은 듯이 입술엣 대답을 억지로 하고 있다가, 이런 질문을 나에게 던졌습니다.

"남자가 매독[2]을 앓으면 생식을 못 하나?"

"괜찮겠지."

"임질[3]은?"

"글쎄, 고환을 오카사레루(침범당하다)하지 않으면 괜찮어."

"고환은…… 내 친구 가운데 고환염을 앓은 사람이 있는데, 인제는 생식을 못 하겠다고 비관이 여간이 아니야. 고환을 오카사레루하면 절대 불가능인가? 양쪽 다 앓았다는데……."

"그것도 경하게 앓았으면 영향 없겠지."

"가령 그 경하다 치면, 내가 앓은 게 그게 경한 편일까, 중한 편일까?"

나는 뜻하지 않고 그의 얼굴을 보았습니다. 중하기도 그만치 중하게 앓은 뒤에, 지금 그게 경한 게냐 중한 게냐 묻는 것이 농담으로밖에는 들리지 않았으므로…… M의 얼굴은 역시 무겁고 어두웠습니다. 무슨 중대한 선고를 기다리는 사람과 같이 눈을 푹 내리뜨고 나의 대답을 기다리고 있었습니다. 잠시 그의 얼굴을 바라본 뒤에, 나는 어이가 없어서,

"아주 경한 편이지."

이렇게 대답하여 버렸습니다.

"경한 편?"

---

2) 매독: 매독 스피로헤타라는 나선균에 의하여 감염되는 성병.
3) 임질: 임균이 일으키는 성병.

"그럼."

이리하여 작별을 하였는데, 지금에 이르러 생각하면 그 저녁의 그 문답이 오늘날의 그의 혼약을 이루게 하지 않았는가 합니다.

2

M이 혼약을 하였다는 기보(奇報)를 가지고 온 것은 T라는 친구였습니다. 그때는 마침 (다 M을 아는) 친구가 너덧 사람 모여 있을 때였습니다.

"골동(骨董) 국보 하나 없어졌다."

누가 이런 비평을 가하였습니다. 나는 T에게 이렇게 물었습니다.

"그래 연애로 혼약이 된 셈인가요?"

"연애? 연애가 다 무에요. 갈보 나까이밖에는 여자라는 걸 모르는 녀석이, 어디서 연애의 대상을 구하겠소?"

"그럼 지참금(持參金)[4]이라도 있답디까?"

"지참금이란 뉘 집 애 이름이오?"

나는 여기서 이 혼약에 대하여 가장 불유쾌한 한 면을 보았습니다. 삼십이 넘도록 총각으로 지낸 그로서, 연애라 하는 기묘한 정

4) 지참금(持參金): 신부가 시집갈 때에 친정에서 가지고 가는 돈.

사 때문에 그 절(節)을 굽혔다면, 그것은 도리어 축하할 일이지 책할 일이 아니외다. 지참금을 바라고 혼약을 하였다 하여도, 지금의 세상에 살아가는 우리로서(더구나 그의 빈곤을 잘 아는 처지인지라) 크게 욕할 수가 없는 일이외다. 그러나 연애도 아니요, 금전문제도 아닌 이 혼약에서는, 가장 불유쾌한 한가지의 결론밖에는 얻을 수가 없습니다.

"그럼……."

나는 가장 불유쾌한 어조로 이렇게 말하였습니다.

"유곽에 다닐 비용을 경제하기 위하여 마누라를 얻는 셈이구료."

이 혹평(酷評)에 대하여는 T는 마땅치 않다는 듯이 나를 보았습니다.

"그렇게 혹언할 것도 아니겠지요. M도 벌써 서른두 살이든가, 세 살이든가, 좌우간 그만하면 차차로 자식도 무릎에 앉혀 보고 싶을 게고, 그렇다고 마땅한 마누라를 선택할 길이나 방법은 없고……."

"자식? 고환염을 그만침이나 심히 앓은 녀석에게 자식? 자식은……."

불유쾌하기 때문에 경솔히도 직업적 비밀을 입 밖에 내인 나는 하던 말을 중도에 끊어 버렸습니다. 그러나 이미 한 말까지는 도로 삼킬 수가 없었습니다.

"네? 그게 무슨 말씀이오?"

M의 생식능력에 대하여 사면에서 질문이 들어왔습니다. 이미 한 말에 대하여 책임을 지지 않을 수 없는 나는, 그 말을 돌려 꾸미기

에 한참 애를 썼습니다. 단언할 수는 없지만 혹은 M은 생식능력이 없을지도 모른다. 그러나 진찰을 안 해본 바이니까, 혹은 또한 생식 능력이 있을 지도 모른다. M이 너무도 싱거운 혼약을 한 데 대하여 불유쾌하여 그런 혹언은 하였지만 그 말은 취소한다. 이러한 뜻으로 꾸며 대었습니다. 그리고 그 좌석에 있던 스무 살쯤 난 젊은이가,

"외려 일생을 자식 없이 지내면 편치 않아요?"

이러한 의견을 내이는 데 대하여, '젊은이로서는 도저히 이해할 수 없는 혈속의 애정'이라는 문제와, 그 문제를 너무도 무시하는 이즘의 풍조에 대한 논평으로 말머리를 돌려 버리고 말았습니다.

M은 몰래 결혼식까지 하였습니다. 그의 친구들로서 M의 결혼식의 날짜를 미리 안 사람은 한 사람도 없었습니다. 뿐만 아니라, 지금 모두들 제각기 하는 소위 신식 혼례식을 하지 않고, 제 집에서 구식으로 하였습니다. 모 여고보 출신인 신부는 구식 결혼식이 싫다고 하였지만, M이 억지로 한 것이라 합니다.

이리하여 유곽에서는 한 부지런한 손님을 잃어버렸습니다.

3

"독점이라 하는 건 참 유쾌하거든."

결혼한 뒤에 M은 어떤 친구에게 이런 말을 하였다 합니다. 비록 연애로써 성립된 결혼은 아니지만, 그다지 실패의 결혼은 아닌 듯하였습니다. 오십 전, 혹은 일 원의 돈을 내어던지고 순간적 성욕의 만족을 사던 이 노총각이, 꿈에도 생각지 못할 독점을 하였으매, 그의 긍지가 작지 않았을 것이외다. 연애결혼은 아니었지만 결혼한 뒤에 연애가 생긴 듯하였습니다. 언제든 음침한 기분이 떠돌던 그의 얼굴이, 그럴싸해서 그런지 좀 밝아진 듯하였습니다.

"복받거라."

우리들, 더구나 나는 그들의 결혼을 심축[5]하였습니다. 처음에는 한낱 M의 성행위의 기구로 M과 결합게 된 커다란 희생물인 그의 젊은 아내를 위하여, 이것이 행복된 결혼이 되기를 축수[6]하였습니다. 동기는 여하튼 결과에 있어서 아름다운 열매를 맺어라. 너의 아내로서, 한개 '희생물'이 되지 않게 하여라. 어머니로서의 즐거움을 맛볼 기회가 없는 너의 아내에게, 그 대신 아내로서는 남에게 곱 되는 즐거움을 맛보게 하여라. M의 일을 생각할 때마다 진심으로 이렇게 축수하였습니다.

신혼의 며칠이 지난 뒤부터는 M이 자기의 젊은 아내를 학대한다

---

5) 심축: 진심으로 축하함.
6) 축수: 두 손바닥을 마주 대고 빎.

는 소문이 조금씩 들렸습니다. 완력을 사용한단 말까지 조금씩 들렸습니다. 그러나, 나는 이 문제는 그다지 크게 생각지 않았습니다. 이런 소문이 귀에 들어올 때마다, 나는 아라비안나이트 마신(魔神)의 이야기를 머릿속에서 되풀이하여 보고 하였습니다.

어떤 어부가 그물질을 하고 있었습니다. 그런데 한번 그물을 끄을어 올리니까 거기는 고기는 없고, 그 대신, 병(甁)이 하나 걸려 있었습니다. 병은 마개가 닫혀 있고, 그 위에 납으로 굳게 봉함까지 되어 있었습니다. 어부는 잠시 주저한 뒤에 그 병의 봉함을 뜯고 마개를 뽑아 보았습니다. 즉, 병에서는 한 줄기 검은 연기가 하늘로 올라갔습니다. 그리고 하늘로 올라간 그 연기는 차차 뭉쳐서 거기는 커다란 마신이 나타났습니다.

"나를 이 병 속에 감금한 것은 선지자 솔로몬이다. 이 병 속에 갇혀 있는 동안 나는 스스로 맹서하였다. 백 년 안에 나를 구해 주는 사람이 있으면, 나는 그 사람에게 거대한 부(富)를 주겠다고. 그리고 백 년을 기다렸지만 아무도 나를 구해 주는 사람이 없었다. 그래서 나는 다시 맹서했다. 인제 다시 백 년 안으로 나를 구해 주는 사람이 있으면 나는 그 사람에게 이 세상에 있는 보배를 다 주겠다고. 그리고 헛되이 백 년을 더 기다린 뒤에, 백 년을 더 연기해서 그 백 년 안에 나를 구해 주는 사람이 있으면, 그 사람에게 이 세상에서 가장 큰 권세와 영화를 주겠다고…… 그러나 그 백 년이 다 지나도 역시 구해 주는 사람은 없었다. 그래서 나는 마지막으로 다시 맹서

했다. 인제 누구든지 나를 구해 주는 놈이 있거든 당장에 그놈을 죽여서 그새 갇혀 있던 그 분풀이를 하겠다고."

이것이 병 속에서 나온 마신의 이야기였습니다. M이 자기의 젊은 아내를 학대한다는 소문이 들릴 때에, 나는 이 이야기를 생각지 않을 수가 없었습니다. 삼십이 지나도록 총각으로 지낸 그 고통과 고적함에 대한 분풀이를 제 아내에게 하는 것이라 했습니다. 그리고, 실컷 학대해라 실컷 학대해라, 더욱 축수하였습니다.

4

M이 결혼한 지 일 년이 거의 된 어떤 날 저녁이었습니다. 그와 나는 어떤 곳에서 저녁을 같이 하고 있었습니다.

그의 얼굴은 이날 유난히 어둡고 무거웠습니다. 그는 음식에는 거의 손을 대지 않고 술만 들이켜고 있었습니다. 본시 말이 많지 않은 그가 이날은 더욱 입이 무거웠습니다.

몹시 취하여 더 술을 먹지 못하리만치 되어서, 그는 처음으로 자발적으로 입을 열었습니다. 충혈이 된 그의 눈은 무시무시하게 번득였습니다.

"여보게, 여보게, 속이지 말구 진정으로 말해 주게. 내게 생식능력이 있겠나?"

"글쎄, 검사를 해봐야지."

나는 이만치 하여 넘기려 하였습니다.

"그럼 한번 진찰해 봐주게."

"왜 갑자기……."

그는 곧 대답하려 하였습니다. 그러나 나오려던 말을 삼켰습니다. 그리고 다시 술을 한잔 먹은 뒤에 눈을 푹 내려뜨며 말했습니다.

"아니, 다른 게 아니라, 내게 만약 생식능력이 없다면 저 사람(자기의 아내)이 불쌍하지 않나. 그래서 없는 게 판명되면, 아직 젊었을 때에 헤져서 저 사람이 제 운명을 다시 개척할 '때'를 줘야지 않겠나? 그래서 말일세."

"진찰해 보아야지."

"그럼 언제 해보세."

그 며칠 뒤에 나는 M의 아내가 임신했다는 소문을 듣고 깜짝 놀랐습니다. 검사해 볼 필요도 없습니다. M은 그 능력이 없을 것입니다. 그런데 M의 아내는 임신했습니다.

그리고 며칠 전에 M이 검사하겠다던 마음을 짐작했습니다. 그것은 결코 그날의 제 말마따나 '아내의 장래를 위하여' 하려는 것이 아니고, 아내에게 대한 의혹 때문에 하여 보려는 것일 것이외다. 자기도 온전히 모르는 바는 아니로되, 십중팔구는 자기는 생식불능자일 텐데 자기의 아내는 임신을 한 것이외다.

생각하면 재미있는 연극이외다. 생식능력이 없는 M은, 그런 기색도 되지 않고 결혼을 하였습니다. 그리하여 M에게로 시집을 온 새 아내는 임신을 하였습니다. 제 남편이 생식불능자인 줄을 모르는 아내는, 뻐젓이 자기의 가진 죄의 씨를 M에게 자랑하고 있을 것이외다. 일찍이 자기가 생식불능자인지도 모르겠다는 점을 밝혀 주지 않은 M은, 지금 이 의혹의 구렁텅이에서도 제 아내를 책할 권리가 없을 것이외다. 그가 검사를 하겠다 하나, 검사를 하여서 자기가 불구자인 것이 판명된 뒤에는 어떤 수단을 취할는지 짐작도 할 수가 없습니다. 아내의 음행을 책하자면, 자기의 사기적 행위를 폭로시키지 않을 수가 없을 것이외다. 그것을 감추자면, 제 번민만 더욱 크게 할 것이외다.

어떤 날 그는 검사를 하자고 왔습니다. 그때 마침 환자가 몇 사람 밀려 있던 관계상, 나는 그를 내 사실[7]에 가서 좀 기다리라 하고, 환자 처리를 다 하고 내려갔습니다. 그랬더니 그는 나를 기다리지 않고 돌아가 버렸습니다.

이튿날 그는 다시 왔습니다. 그러나 그는 또 돌아가 버렸습니다.

나도 사실 어찌하여야 할지 똑똑히 마음을 작정치 못했던 것이외다. 검사한 뒤에 당연히 사멸해 있을 생식능력을, 살아 있다고 하자니, 그것은 나의 과학적 양심이 허락지 않는 바외다. 그러나 또한 사멸하였다고 하자니, 이것은 한 사람의 일생을 망쳐 버리는 무서운

7) 사실: 개인의 방.

선고에 다름없습니다. M이라 하는 정당한 남편을 두고도 불의의 쾌락을 취하는 M의 아내는 분명히 책받을 여인이겠지요. 그러나 또한 다른 편으로 이 사건을 관찰할 때에, 내가 눈을 꾹 감고 그릇된 검안을 내린다면 그로 인하여, 절대로 불가능하던 M이 슬하에 사랑스런 자식(?)을 두고 거기서 노후의 위안도 얻을 수 있을 것이요, 만사가 원만히 해결될 것이외다.

내가 자유로 선택할 수 있는 두 가지의 갈랫길에 서서, 나는 어느 편 길을 취하여야 할지 판단을 주저하고 있었습니다. 이 문제가 사오 일 뒤에 저절로 해결이 되었습니다. 그날도 역시 침울한 얼굴로 찾아온 M에게 대하여 나는 의리상,

"오늘 검사해 보자나?"

하니깐 그는 간단히 대답하였습니다.

"벌써 했네."

"응? 어디서?"

"P병원에서."

"그래서 결과는?"

"살았다데."

"?"

나는 뜻하지 않고 그의 얼굴을 보았습니다. 그것은 의외의 대답을 들은 때문이라기보다 오히려 '살았다데' 하는 그의 음성이 너무 침통하기 때문에…….

이렇게 대답하는 동안 나는 내가 하마터면 질 뻔한 괴로운 임무에서 벗어난 안심을 느끼는 동시에, P병원에서의 검안[8]의 의외에 눈을 크게 뜨지 않을 수가 없었습니다.

내 눈을 만난 M의 눈은 낭패한 듯이 이리저리 돌아다녔습니다. 그리고 나는 그 눈으로 그가 방금 한 말이 거짓말이었음을 알았습니다.

그럼 그는 왜 거짓말을 하였나. 자기의 아내의 명예를 보호하기 위하여? 세상과 및 제 마음을 속여 가면서라도 자식을 슬하에 두어 보기 위하여? 나는 그의 마음을 알 수가 없었습니다. 그가 입을 열었습니다. 무겁고 침울한 음성이었습니다.

"여보게, 자네 이런 기모치(기분) 알겠나?"

"어떤?"

그는 잠시 쉬어서 말을 시작했습니다.

"월급쟁이가 월급을 받았네. 받은 즉시로 나와서 먹고 쓰고 사고, 실컷 마음대로 돈을 썼네. 막상 집으로 돌아가는 길일세. 지갑 속에 돈이 몇 푼 안 남아 있을 것은 분명해. 그렇지만 지갑을 못 열어 봐. 열어 보기 전에는 혹은 아직은 꽤 많이 남아 있겠거니 하는 요행심도 붙일 수 있겠지만, 급기 열어 보면 몇 푼 안 남은 게 사실로 나타나지 않겠나? 그게 무서워서 아직 있거니, 스스로 속이네그려. 쌀도

8) 검안: 뒤에 남은 흔적이나 상황을 조사하고 따짐.

사야지. 나무도 사야지. 열어 보면 그걸 살 돈이 없는 게, 사실로 나타날 테란 말이지. 그래서 할 수 있는 대로 지갑에서 손을 멀리하고 제 집으로 돌아오네. 그 기모치 알겠나?”

나는 머리를 끄덕이었습니다.

“알겠네.”

그는 다시 입을 봉하였습니다. 그러나 그때에 나는 알았습니다. M은 검사도 하여 보지 않은 것이외다. 그는 무서워합니다. 그는 검사를 피합니다. 자기의 아내가 임신을 하였습니다. 그것은, 상식으로 판단하여 물론 남편의 아이일 것이외다. 거기에 대하여 의심을 품을 자는 하나도 없을 것이외다. 의심을 품을 필요도 없는 것이외다. 왜? 여인이 남편을 맞으면 원칙상 임신을 하는 것이 당연한 일이니깐.

이 의심할 필요가 없는 일을 의심하다가 향기롭지 못한 결과가 나타나면 이것은 자작지얼(自作之孽)[9]로서 원망을 할 곳이 없을 것이외다. 벌의 둥지를 건드리는 것은 어리석은 짓이외다. 십중팔구는 향기롭지 못한 결과가 나타날 ‘검사’를 M은 회피한 것이외다. 절망을 스스로 사지 않으려, 그리고 번민 가운데서도 끝끝내 일루의 희망을 붙여 두려 M은 온전히 ‘검사’라는 위험한 벌의 둥지를 건드리지 않기로 한 것이외다. 그리고 상식으로 판단할 수 있는(제 아내의

9) 자작지얼(自作之孽): 자기가 저지른 일 때문에 생긴 재앙.

뱃속에 있는) 자식에게 대하여, 억지로 애정을 가져 보려 결심한 것이외다. 검사를 하여서 정충이 살아 있다면 다행한 일이지만, 사멸하였다면 시재 제 아내와의 새[10]에 생길 비극과 분노와 절망은 둘째 두고라도, 일생을 슬하에 혈육이 없이 보내고, 노후에 의탁할 곳을 가질 가능성조차 없는 절망의 지위에 빠지지 않을 수가 없을 것이외다.

이것은 무서운 일이외다. 상식으로 판단할 수 있는 일을 거부하고까지 이런 모험행위를 할 필요가 없을 것이외다.

이리하여 그는 검사는 단념했지만, 마음에 있는 의혹 뿐은 온전히 끄지를 못한 모양이었습니다. 그 뒤에 어떤 날, 그는 이런 이야기 저런 이야기 하다가 이런 말을 했습니다.

"자식은 꼭 제 애비를 닮는다면 좋겠구먼……."

거기 대하여 나는 닮는 예를 여러 가지로 들어서 말하여 주었습니다.

그는 한숨을 쉬었습니다.

"여인이 애를 배면 걱정일 테야. 아버지나 친할아비를 닮는다면 문제가 없겠지만, 외편을 닮거나, 그렇지 않으면, 아무도 닮지 않으면 걱정이 아니겠나. 그저 애비를 닮아야 제일이야, 하하하."

나는 대답하였습니다.

---

10) 새: 사이

"글쎄 말이지, 내 전문이 아니니깐 이름은 기억 못 하지만, 독일 소설에 이런 게 있지 않나. 「아버지」라나 하는 희곡 말일세. 자식을 낳았는데 제 자식인지 아닌지 몰라서 번민하는 그런 이야기가 있지? 그것도 아버지만 닮으면 문제가 없겠지."

"아— 아, 다 구찮어."

5

M의 아내가 아들을 낳았습니다. 그 아이가 반년쯤 자랐습니다.

어떤 날 M은 그 아이를 몸소 안고 병을 뵈러 나한테 왔습니다. 기관지가 조금 상하였습니다. 약을 받아 가지고도 그냥 좀 앉아 있던 M은 묻지도 않는 말을 이런 말을 하였습니다.

"이놈이 꼭 제 증조부님을 닮았다거든."

"그래?"

나는 그의 말에 적지 않은 흥미를 느끼면서 이렇게 응했습니다. 내 눈으로 보자면, 그 어린애와 M과는 아무런 관련도 없는 바인데, 그 애가 M의 할아버지를 닮았다는 것은 기이하므로서…… 어린애의 진편과 외편의 근친(近親)에서 아무도 비슷한 사람을 찾아내지 못한 M의 친척은, 하릴없이 예전의 죽은 조상을 들추어낸 모양이었습니다. 그리고 그 어린애에게, 커다란 의혹과 그보다 더 커다란 희망(의

혹이 오해였던 것을 바라는)은 M으로 하여금 손쉽게 그 말을 믿게 한 모양이었습니다. 적어도 신뢰하려고 마음먹게 한 모양이었습니다.

내가 자기의 말에 흥미를 가지는 것을 본 M은, 잠시 주저하다가 그가 예비하였던 둘째 말을 마침내 꺼내었습니다.

"게다가 날 닮은 데도 있어."

"어디?"

"이보게."

M은 어린애를 왼편 팔로 가만히 옮겨서 붙안으면서, 오른손으로는 제 양말을 벗었습니다.

"내 발가락 보게. 내 발가락은 남의 발가락과 달라서 가운데 발가락이 그중 길어. 쉽지 않은 발가락이야. 한데……."

M은 강보를 들치고 어린애의 발을 가만히 꺼내어 놓았습니다.

"이놈의 발가락 보게. 꼭 내 발가락 아닌가? 닮았거든……."

M은 열심으로, 찬성을 구하는 듯이 내 얼굴을 바라보았습니다. 얼마나 닮은 곳을 찾아보았기에 발가락 닮은 것을 찾아내었겠습니까.

나는 M의 마음과 노력에 눈물겨워졌습니다. 커다란 의혹 가운데서, 그 의혹을 어떻게 하여서든 삭여 보려는 M의 노력은, 인생의 가장 요절할 비극이었습니다. M이 보라고 내어놓은 어린애의 발가락은 안 보고 오히려 얼굴만 한참 들여다보고 있다가, 나는 마침내 이렇게 말하였습니다.

"발가락뿐 아니라, 얼굴도 닮은 데가 있네."

그리고 나의 얼굴로 날아오는 (의혹과 희망이 섞인) 그의 눈을 피하면서 돌아앉았습니다.

《동광29(1932. 1.)》